W0208801

Klarant Verlag

Die gebürtige Ostfriesin ***Sina Jorritsma*** aus der Krummhörn studierte in Hamburg Germanistik und Philosophie, bevor sie wieder in ihre Heimat zurückkehrte. Sie veröffentlicht unter Pseudonym, weil sie ihre Umgebung genau beobachtet und Ereignisse aus ihrem Leben in ihre Geschichten einfließen. Das Romaneschreiben ist ihr kleines Geheimnis, das nur wenige Menschen kennen. Bei einer großen Kanne Ostfriesentee mit Sahne und Kluntjes kann sie halbe Nächte durchschreiben, tagsüber hält sie sich mit Joggen fit. Sina Jorritsma lebt mit ihrer Familie in einem kleinen Ort bei Emden.

Sina Jorritsma

Friesenspur

Ostfrieslandkrimi

Klarant Verlag

Klarant Verlag, www.klarant.de – www.ostfrieslandkrimi.de
ISBN: 978-3-96586-879-3
1. Auflage 2023
Umschlagabbildung: Klarant Verlag

Printed in the EU.

Kapitel 1

»Borkum gleich Alcatraz.«

Kommissarin Mona Sander von der Polizei Borkum traute ihren Ohren nicht, als sie diese Worte aus dem Mund ihres Vorgesetzten hörte. Bei jedem anderen Menschen hätte sie einen misslungenen Scherz vermutet, doch der Dienststellenleiter Hauptkommissar Hinrich Oltbeck war nicht gerade als Witzbold bekannt. Und der Chef hatte sie und ihren Kollegen Oberkommissar Enno Moll gewiss nicht in sein Büro zitiert, weil er einen Vergleich zwischen dem idyllischen ostfriesischen Eiland und der berühmt-berüchtigten US-Gefängnisinsel in der Bucht von San Francisco ziehen wollte. Deshalb hakte sie nach: »Wie meinen Sie das, Herr Oltbeck? Unsere wenigen Arrestzellen eignen sich wohl kaum, um eine größere Anzahl von Verbrechern längerfristig aufzunehmen. Oder ist der Bau einer Strafanstalt geplant, von dem wir noch nichts wissen?«

Während die quirlige rotblonde Kriminalistin sprach, warf sie Enno einen prüfenden Seitenblick zu. Der gewichtige hochgewachsene Ostfriese saß auf dem anderen Besucherstuhl neben ihr. Er wirkte genauso überrascht wie sie selbst. Als die beiden vor wenigen Minuten zu ihrem Chef gerufen wurden, hatte sie auf einen neuen spannenden Kriminalfall gehofft. Die Jagd auf Taschendiebe war zwar in der Hauptsaison auf der beliebten Urlaubsinsel wichtig, aber auf die Dauer doch etwas eintönig. Stattdessen präsentierte Oltbeck den beiden Ermittlern nun diesen absurden Vergleich.

Der Vorgesetzte schien zu spüren, wie irritiert Mona und Enno waren. Er wischte sich mit einem großen Stofftaschentuch über die Glatze, denn der 9. Juni versprach ein heißer Tag zu werden. Schon jetzt am Vormittag stand die Sonne hoch am wolkenlosen Himmel, und selbst der sonst so kräftige Nordseewind war zu einer sanften Brise verkümmert. Vor der Polizeiwache strömten die Urlauber und Kurgäste auf der Strandstraße Richtung Meer. Oltbeck erklärte: »Auch ich bin der Meinung, dass der Vergleich zwischen unserer Insel und Alcatraz an den Haaren herbeigezogen ist. Ich habe nur die Überschrift eines Blogbeitrags aus dem Internet zitiert. Der eigentliche Text beginnt mit den Worten: ‚Die Mörderspur führt nach Borkum'.«

Mona platzte heraus: »Befassen wir uns neuerdings mit dem Unsinn, den irgendein Wichtigtuer online verzapft? Wenn der Knallkopf, der sich diese Sätze aus den Fingern gesogen hat, von einer Straftat

Kenntnis hat, dann soll er sich an die nächstgelegene Polizeidienststelle wenden!«

Oltbeck kannte ihre Temperamentsausbrüche schon zur Genüge, daher fuhr er unbeeindruckt fort: »Sie werden gleich verstehen, worauf ich hinauswill, Frau Sander. - Sagt Ihnen der Name Warringa etwas?«

Die Kommissarin schüttelte den Kopf. Obwohl sie sich auf Borkum inzwischen heimisch fühlte, stammte sie ursprünglich aus Braunschweig und war daher auf der Insel nicht so verwurzelt wie ihr älterer und erfahrenerer Kollege. Enno sagte: »Die Warringas gehören zu den Familien, die seit Jahrhunderten hier ansässig sind. Momentan lebt nur noch Aafke Warringa auf Borkum, ihr Ehemann ist vor einigen Jahren verstorben.«

Oltbeck nickte. Er fügte hinzu: »Und ihr Sohn Jörn Warringa stand vor kurzem in Hamburg vor Gericht. Er wurde verdächtigt, seine Ehefrau Christin umgebracht zu haben. Der Prozess endete mit einem Freispruch. Jörn Warringa wurde auf freien Fuß gesetzt und lebt seit einigen Tagen wieder bei seiner Mutter auf Borkum.«

Nun verstand Mona, worauf ihr Chef hinauswollte: »Lassen Sie mich raten, Herr Oltbeck: Dieser Clown, der Borkum mit einer Gefängnisinsel vergleicht, hält das Gerichtsurteil für unfair und möchte die Gerechtigkeit lieber in die eigene Hand nehmen.«

»Der ‚Clown', wie Sie sagen, heißt Oliver Knapp«, erläuterte Oltbeck. »Er betreibt einen Krimiblog, der von vielen tausend Menschen regelmäßig gelesen wird. Daher müssen wir mit der Gefahr rechnen, dass einer dieser Fans Jörn Warringa oder dessen Mutter mit dem Tod bedroht – oder sogar zur Tat schreitet.«

»Steht denn die Urteilsbegründung auf so tönernen Füßen?«, wollte Enno wissen. Oltbeck schüttelte den Kopf: »Die Hamburger Staatsanwaltschaft will nicht in Revision gehen. Und das hätte sie ja getan, wenn die Chance bestünde, Jörn Warringa doch noch überführen zu können, oder? Ich habe den Strafprozess nicht verfolgt. Ein Kollege aus dem Polizeipräsidium der Hansestadt hat mich angerufen und auf Knapps Krimiblog hingewiesen.«

»Was erwarten Sie denn nun von uns?«, fragte Mona. »Wir können Warringa nicht rund um die Uhr bewachen, nur weil so ein Möchtegern-Mörderjäger im Internet Stimmung gegen ihn macht.«

»Darüber bin ich mir im Klaren, und von den Einheimischen wird gewiss niemand auf Knapps Hetzkampagne hereinfallen«, gab Oltbeck zurück, »ganz abgesehen davon, dass die Warringas eine angesehene

Familie sind. Leider können wir nicht ausschließen, dass Personen vom Festland hierherkommen, um Selbstjustiz zu üben. - Ich möchte Sie bitten, mit Aafke und Jörn Warringa zu sprechen und sie zu warnen. Mehr können wir momentan leider nicht tun.«

»Es gibt also keine Chance, diesem Oliver Knapp das Maul zu stopfen?«

»Dieser Blogger ist clever, Frau Sander. Er weiß genau, wie weit er gehen kann. Deshalb schreibt er nichts, was ihm als Aufforderung zu Straftaten ausgelegt werden könnte. Der Hamburger Kollege teilte mir außerdem mit, dass Knapps Blog auf einem Server in Usbekistan liegt. Mit anderen Worten: Es ist so gut wie unmöglich, einen seiner Beiträge zu löschen.«

»Ich kenne Aafke ganz gut, sie lässt sich nicht so schnell einschüchtern«, meinte der ostfriesische Oberkommissar, »Frau Sander und ich fahren gleich mal zu ihr.«

Mit diesen Worten erhob Enno sich von seinem Stuhl. An diesem warmen Junitag trug er Jeans und ein farbiges Hemd mit kurzen Ärmeln, das über seinem imposanten Bauch spannte. Auch Mona war mit Jeans bekleidet, außerdem mit einem weit geschnittenen ärmellosen Oberteil. Darunter verbarg sie ihre Pistole, die sie in einem Clipholster am Gürtel befestigt hatte. Auch die Kommissarin stand auf und folgte ihrem Kollegen, als er das Chefbüro verließ.

»Sie erstatten mir bitte fortlaufend Bericht!«, rief Oltbeck ihnen nach.

Im Hof der Wache stand der Dienstwagen ohne Polizeimarkierung, der schon gut aufgeheizt war. Borkum gehörte zu den Inseln, die nicht komplett autofrei waren. Mona ließ sich auf den Beifahrersitz fallen und senkte die Seitenscheibe, während Enno sich hinter das Steuer klemmte.

»Du kennst Jörn Warringa wahrscheinlich, Enno. Würdest du ihm einen Mord zutrauen?«

Der Ostfriese erklärte: »Aafke ist ziemlich spät Mutter geworden. Sie hatten schon gar nicht mehr damit gerechnet. Ich habe Jörn aufwachsen sehen, er war immer ein aufgeweckter kleiner Bursche und hatte ein wirklich gutes Elternhaus. Später ging er dann aufs Festland, um Abitur zu machen. Danach ließ er sich nur noch gelegentlich in den Ferien auf der Insel blicken. Ich hatte aber nie einen engen Kontakt zu ihm. Und mit dem Strafprozess, der mit einem Freispruch für ihn endete, habe ich mich nicht beschäftigt. Wie du weißt, meide ich in meiner Freizeit das Internet wie der Teufel das Weihwasser.«

»In dieser Hinsicht sind wir uns einig«, gab Mona lachend zurück, »wer will schon auf einen Monitor glotzen, wenn er stattdessen die Füße in die Nordsee halten kann?«

Enno grinste ebenfalls, dann kam er auf das eigentliche Thema zurück: »Ich kann nicht beurteilen, ob Jörn zu Unrecht freigesprochen wurde. Jedenfalls darf niemand die Gerichtsentscheidung infrage stellen, nur weil er irgendwelche wilden Spekulationen im Internet gelesen hat.«

Die Kommissarin nickte.

Mit dem Auto erreichte man das Haus der Warringas an der Waterdelle von der Polizeistation aus innerhalb von sechs Minuten. Die ruhige Wohnstraße zweigte von der Hindenburgstraße ab, die den gesamten Ortskern von Borkum durchzog. Enno parkte den Wagen. Mona stieg aus und schaute sich das Haus genauer an. Es gehörte zweifellos zu den ältesten Gebäuden auf der Insel. Der Rotziegelbau war klein, der Garten nicht viel breiter als ein Badetuch. Das Haus schien sich in den Windschatten einer nahegelegenen Düne zu ducken. Wenn der Wind auffrischte, konnte man hier an der Waterdelle das Rauschen der Brandung hören. Doch bei der momentanen Flaute war das nicht möglich. Auch Enno hatte das Auto verlassen und ging gemeinsam mit seiner Kollegin zur Tür, wo er den altmodischen Klingelzug betätigte. Von drinnen ertönte leise Musik, die sich nach dem typischen Vormittagsprogramm eines Küstensenders anhörte. Wenig später wurde die Tür geöffnet. Mona war selbst nur eins dreiundsechzig groß, wodurch sie die vorgeschriebene Mindestlänge für niedersächsische Polizistinnen gerade so eben erreichte. Doch die Person in Rock und Kittelschürze, die nun vor ihr stand, wies eine noch geringere Körperlänge auf. Sie musste den Kopf in den Nacken legen, um dem Zweimetermann Enno ins Gesicht schauen zu können.

»Moin, das ist ja eine Überraschung! Hast du deine Tochter mitgebracht?«, fragte die alte Frau mit rauer Stimme. Mona wunderte sich nicht darüber, dass Aafke Warringa sich an den Oberkommissar wandte – ihn kannte sie schließlich. Enno schüttelte lächelnd den Kopf: »Nee, Birte und ich haben gar keine Kinder. Das ist Mona Sander, meine Kollegin. Du weißt noch, dass ich bei der Polizei bin, oder?«

»Klar, so schlecht ist mein Gedächtnis nicht«, beteuerte Frau Warringa. Sie schob die Hornbrille auf ihrer Nase etwas höher und kam näher an die Ermittlerin heran, dann fügte sie hinzu: »Ja, ich hab euch beide schon öfter zusammen im Ort gesehen. Ist Birte gar nicht eifersüchtig, wenn du so eine hübsche junge Kollegin hast?«

Mona mochte es nicht, wenn man über sie redete, als wenn sie nicht anwesend wäre. Außerdem errötete sie, was ihr zusätzlich unangenehm war. Aber sie konnte Aafke Warringa nicht böse sein – sie mochte die direkte Art dieser Frau. Auch Mona selbst nahm ja nur selten ein Blatt vor den Mund. Die Kommissarin erklärte: »Es ist ja nicht so, dass ich die ganze Zeit auf Ennos Schoß sitzen würde. Wir sind Kollegen, aber auch Freunde. Außerdem würde ich es mir mit Birte nie verscherzen – wir teilen uns schließlich das Sorgerecht für meinen Hund.«

Mona war nämlich durch einen zurückliegenden Mordfall Besitzerin einer riesigen Dogge namens Rufus geworden, die sie in ihrer kleinen Wohnung leider nicht halten konnte. Daher verbrachte der Rüde sehr viel Zeit bei den Molls, die in ihrem Haus in der Julianenstraße einfach mehr Platz hatten.

»Sorgerecht für einen Hund, was es nicht alles gibt«, meinte Aafke Warringa schmunzelnd. »Kommt erst mal rein, ihr seid doch bestimmt wegen Jörn hier. - Aber dass er freigesprochen wurde, habt ihr hoffentlich mitbekommen?«

Während die Ermittler der Seniorin ins Hausinnere folgten, schaute Mona sich unauffällig um. Die Möbel waren alt, aber gepflegt. Die niedrigen Türrahmen stellten nur für Enno ein Problem dar. Das Haus war offensichtlich zu einer Zeit errichtet worden, als die Menschen viel kleiner gewesen waren als heutzutage. Aafke führte die Kommissare in die »gute Stube«, wo ein Mann um die dreißig an einem Tisch saß und Tee trank. Er war blass, was angesichts der Zeit in der Untersuchungshaft nicht verwunderlich war. Jörn Warringa nickte Enno zu: »Du … kommst mir bekannt vor. Onno, nicht wahr?«

»Enno«, korrigierte der Ostfriese, »und das ist meine Kollegin Mona Sander. Wir sind von der Polizei.«

Nun erinnerte Mona sich an Aafkes Sohn. Sie hatte ihn bereits am vorherigen Wochenende kennengelernt, als sie ihrem Freund Jan Lummer in seinem Lokal geholfen hatte. Da war Warringa zu Gast gewesen, und die Kommissarin hatte sich nett mit ihm unterhalten. Allerdings hatte er sich nur als »Jörn« vorgestellt – daher wusste sie nicht, um wen es sich handelte.

Warringa gab den Ermittlern die Hand, wobei ein trauriges Lächeln auf seinen Lippen erschien: »Ich hatte während des letzten halben Jahrs mit ziemlich vielen Polizisten zu tun. Inzwischen habe ich einen sechsten Sinn für Ordnungshüter entwickelt, auch wenn sie in Zivil sind. - Seid ihr hier, weil endlich Christins Leiche gefunden wurde?«

Diese Frage traf die Kommissare unerwartet, ihr Mienenspiel spiegelte Erstaunen wider. Warringa forderte die beiden mit einer Handbewegung auf, am Tisch Platz zu nehmen. Seine Mutter brachte unaufgefordert zwei weitere Tassen. Die Frage, ob sie überhaupt Tee wollten, erübrigte sich. Als Inselfriesin setzte Aafke dies einfach voraus. Nachdem die Ermittler mit der starken Assam-Mischung versorgt waren, stellte Mona eine Gegenfrage: »Bei Christin handelt es sich um das Mordopfer, nehme ich an? Wir wissen so gut wie nichts über den Strafprozess, der mit deinem Freispruch endete. Wir sind nur indirekt deswegen hier, denn es gibt Grund zu der Annahme ...«

Die Kommissarin konnte den Satz nicht beenden, denn in diesem Moment flog ein Stein durch das Fenster und landete neben einem Schrank voll mit antiken Sammeltellern.

Kapitel 2

»Den schnappe ich mir!«, rief die Kommissarin tatendurstig. Sie sprang so abrupt auf, dass ihr Stuhl umfiel. Dann rannte sie aus dem Haus. Normalerweise stimmte sie ihr Vorgehen meist mit Enno ab, aber dafür war jetzt keine Zeit. Der Oberkommissar konnte aufgrund seines Alters und seines Übergewichts ohnehin nicht so schnell rennen wie Mona, die dank ihres regelmäßigen Joggings gut trainiert war. Sie zweifelte nicht daran, dass der Prozessausgang der Vorwand für den Steinwurf war. Die Kommissarin hatte allgemein etwas gegen Verbrechen, deshalb war sie ja zur Polizei gegangen. Aber Selbstjustiz fand sie besonders verabscheuungswürdig. Wenn jeder glaubte, das Recht in die eigene Hand nehmen zu dürfen, dann herrschte letztlich nur noch Willkür. Und das musste nach Monas Meinung unbedingt verhindert werden.

Sie konnte draußen vor dem Haus niemanden entdecken. Der Täter musste sofort nach dem Steinwurf weggerannt sein. Aber wo konnte er sich befinden? Es gab mehrere Möglichkeiten. Von der Waterdelle aus hätte er entweder Richtung Hindenburgstraße rennen und sich auf dem weitläufigen Campingplatzgelände verstecken können. Dort herrschte in der Hauptsaison ein ständiges Kommen und Gehen. Falls der Steinewerfer einen Wohnwagen oder ein Zelt zur Verfügung hatte, konnte er sich dort verkriechen. In die andere Richtung ging es zum Strand, vorbei am *Café Sturmeck*. Am Meeressaum hätte der Verbrecher sich unter die harmlosen Badegäste mischen können. Mona musste sich logischerweise für eine Variante entscheiden. Sie lief auf das *Café Sturmeck* zu, von dessen Terrasse aus man einen wunderbaren Blick auf Strand und Nordsee hatte. Im Außenbereich der gemütlichen Gastronomie zwischen den Dünen bediente eine Kellnerin gerade ein älteres Paar. Die Kommissarin kannte die Serviererin, weil die Kommissare vor einigen Wochen hier wegen Falschgeld tätig werden mussten.

»Moin, Ines!«, rief Mona der Bedienung zu, »ist hier gerade eben eine Person vorbeigekommen?«

»Ja, der Mann schien es sehr eilig zu haben«, lautete die Antwort.

»Kannst du ihn mir beschreiben?«, bat die Kommissarin.

»Schlank, dunkelhaarig, blaues T-Shirt und gestreifte Bermudashorts.«

Mit dieser Information konnte Mona schon etwas anfangen. Ines war eine gute Beobachterin, in ihrem Job musste sie stets eine größere Anzahl von Gästen gleichzeitig im Auge behalten, um Bestellungen aufnehmen, kassieren und Tische abräumen zu können. Die Ermittlerin bedankte sich und hetzte weiter. Das *Café Sturmeck* befand sich an einem Wanderweg, der parallel zum Strand verlief. An einigen Schneisen konnte man zwischen den Dünen hinunter zum Wasser gelangen. Bei dem schönen Wetter an diesem Tag hatten sich bereits etliche Urlauber am Strand eingefunden. Viele machten es sich in einem gemieteten Strandkorb oder einem Liegestuhl bequem, andere streckten sich einfach auf einem Badelaken aus. Die Kommissarin verlangsamte ihre Schritte, als sie zu dem breiten Sandband zwischen Dünen und Brandung gelangte. Sie blickte nach links und rechts, versuchte sich einen ersten Überblick zu verschaffen. Allzu weit konnte der Täter sich noch nicht vom Haus der Warringas entfernt haben, denn Mona hatte schnell die Verfolgung aufgenommen – es sei denn, sie wäre in die falsche Richtung gelaufen. Dies war natürlich möglich. Doch als die Kommissarin suchend zwischen den Strandkörben hindurchschlenderte, erblickte sie plötzlich einen Mann, auf den die Beschreibung durch die Kellnerin passte. Er trug Bermudashorts mit bunten Streifen, sein Oberkörper war allerdings nackt. Und er saß nicht auf einem Badelaken, sondern auf einer Textilie, bei der es sich um ein dunkelblaues T-Shirt handeln konnte! Außerdem schien er nach Atem zu ringen – wahrscheinlich, weil er nicht so gut in Form war wie die Ermittlerin. Sie blieb direkt vor ihm stehen und schaute ihm ins Gesicht: »Moin!«

Er hatte haselnussbraune Augen und seine Gesichtszüge wirkten nicht unsympathisch. Ob er ahnte, dass er eine Polizeibeamtin in Zivil vor sich hatte?

»Guten Morgen, kennen wir uns?«, fragte er. Der Mann war immer noch kurzatmig. Mona ging nicht auf seine Frage ein. Stattdessen stellte sie fest: »Sie scheinen sich vor kurzem ganz schön angestrengt zu haben.«

»Ja, ich war eine Runde schwimmen«, behauptete der Dunkelhaarige, »und leider lässt meine Kondition zu wünschen übrig.«

Die Kommissarin konnte es nicht ausstehen, wenn man ihr frech ins Gesicht log. Sie fauchte: »Und an Ihrer Kunst im Erfinden von Lügengeschichten müssen Sie auch noch arbeiten! Dafür, dass Sie im Wasser gewesen sein wollen, ist Ihre Haut bemerkenswert trocken.

Und ein Handtuch haben Sie auch nicht, jedenfalls sehe ich hier keins!«

Der Kerl warf ihr einen kalten Blick zu: »Na, und wenn schon – was geht Sie das an?«

»Eine ganze Menge«, gab Mona zurück, während sie ihren Dienstausweis präsentierte. Sie fuhr fort: »Ich bin Kommissarin Sander von der Polizei Borkum. Und ich untersuche eine Straftat, die sich vor wenigen Minuten an der Waterdelle ereignet hat. Es gibt einen Verdächtigen, bei dem es sich nach der Beschreibung einer Zeugin um Sie handeln könnte. Ich möchte jetzt gern Ihren Personalausweis sehen!«

»Und wenn ich ihn nicht zeigen will?«, erwiderte er herausfordernd.

»Dann nehme ich Sie mit auf die Wache. Früher oder später finden wir heraus, mit wem wir es zu tun haben«, gab Mona unbeeindruckt zurück. Der Mann saß immer noch vor ihr im Sand, die Arme um seine Beine geschlungen, die er zum Oberkörper gezogen hatte. Er schien zu überlegen, ob er weiterhin widerspenstig sein sollte. Als die Kommissarin gerade die Geduld zu verlieren begann, griff er nach seiner Bauchtasche und zog einen Personalausweis hervor. Mona nahm das Dokument an sich. Sie hob die Augenbrauen, als sie den Namen las: Oliver Knapp.

»Ich hätte nicht gedacht, dass ich es auf Borkum gleich mit Polizeiwillkür zu tun bekomme«, ätzte er. Sie zuckte mit den Schultern: »Was haben Sie denn auf einer Gefängnisinsel erwartet?«

Knapp grinste breit: »Ah, Sie haben also meinen Blog gelesen!«

»Nicht wirklich«, stellte die Kommissarin klar. Sie deutete auf die Brandung hinter ihr und ergänzte: »Glauben Sie wirklich, dass ich mich länger als unbedingt notwendig mit diesem Social-Media-Quark befasse, wenn ich in einer so schönen Umgebung lebe?«

Sie wartete keine Antwort ab, sondern sagte: »Sie stehen im Verdacht, einen Stein in ein Fenster im Haus von Aafke Warringa geworfen zu haben. Sie müssen sich nicht selbst belasten, können die Aussage verweigern und haben das Recht auf einen Anwalt.«

»So etwas würde ich niemals tun, Frau Wachtmeister«, behauptete Knapp dreist. »Ich bin ein seriöser Journalist und habe mir nichts zuschulden kommen lassen.«

Mona lachte ihn aus: »Seriöser Journalist? Dafür braucht man wohl etwas mehr als im Internet seine Meinung zu blöken! - Also streiten Sie ab, den Stein geworfen zu haben?«

»Ich bin unschuldig!«, beharrte er. »Sie sprachen von einer Zeugin. Ich weiß nicht, wen sie gesehen haben will – mich jedenfalls nicht!«

Die Kriminalistin überlegte. Knapps Chancen standen gar nicht schlecht, wenn er bei seiner Darstellung blieb. Was genau hatte Ines denn gesehen? Einen dunkelhaarigen Mann, der Richtung Strand rannte. Dies war noch lange kein Beweis dafür, dass diese Person die Tat begangen hatte. Ob es etwas nützen würde, Knapp zur Polizeistation mitzunehmen? Wohl kaum – dadurch bekam er nur einen Vorwand, sich als Opfer von sinnlosen Behördenmaßnahmen in Szene zu setzen. Und diese Steilvorlage wollte sie ihm ganz gewiss nicht liefern. Sie gab ihm seinen Ausweis zurück: »Das wäre für den Moment alles. Ich wünsche Ihnen noch einen schönen Aufenthalt. Und vergessen Sie nicht, dass auf Borkum Recht und Gesetz gelten.«

»Das sagen Sie, obwohl Sie einem Mörder Obdach gewähren?«

Mona hielt Knapps Blick stand und betonte: »Ich weiß nicht, von wem Sie sprechen. Hier gibt es niemanden, der von einem ordentlichen Gericht des Mordes schuldig gesprochen wurde.«

»Ja – weil die Justiz versagt!«.

»Wenn das Ihre Meinung ist, die mich sowieso nicht interessiert – ach ja, und ich bräuchte noch Ihre Mobilnummer und Ihre Urlaubsadresse, falls sich noch weitere Fragen ergeben«, sagte die Kommissarin. Knapp nannte ihr eine Zahlenfolge. Untergekommen war er in der *Pension Bollmann*, einer gemütlichen Frühstückspension im unteren Preissegment. Mona notierte sich die Angaben und wandte sich von dem Verdächtigen ab, ohne ihn noch eines weiteren Blicks zu würdigen. Als sie außerhalb von Knapps Hörweite war, rief sie Enno an.

»Endlich!«, rief der Oberkommissar, noch bevor sie etwas sagen konnte. »Ich habe mir schon Sorgen um dich gemacht!«

Mona beruhigte ihn: »Mir fehlt nichts, ich konnte auch einen Verdächtigen finden. - Das erzähle ich dir gleich. Ich hoffe, dass noch Tee übrig ist. Ich kann jetzt jedenfalls eine gute Tasse davon gebrauchen!«

Kapitel 3

Auf dem Rückweg zum Haus der Warringas überlegte die Kommissarin, ob sie in Gegenwart der beiden Zivilisten Knapps Identität preisgeben sollte. Sie entschied sich dafür. Jörn Warringa und seine Mutter hatten schließlich ein Recht darauf, zu erfahren, von wem sie bedroht wurden. Mona zweifelte nicht daran, dass Knapp den Stein geworfen hatte. Warum war dieser selbsternannte »seriöse Journalist« hinter Warringa her wie der Teufel hinter der armen Seele? Sie hoffte, darauf bald eine Antwort zu bekommen. Als die Ermittlerin den Tatort betrat, waren Warringa und seine Mutter in der Zwischenzeit nicht untätig geblieben. Jörn hatte die Glasscherben zusammengekehrt, während Aafke ein Stück Pappkarton zurechtgeschnitten und damit behelfsmäßig das Loch verschlossen hatte. Enno hatte sich Latexhandschuhe übergestreift und den Stein in einen Beutel für Beweisstücke getan. Mona befürchtete allerdings, dass auf der unebenen Oberfläche keine brauchbaren Fingerabdrücke oder DNA-Spuren gesichert werden konnten, obwohl es zweifellos einen Versuch wert war. Außenstehende hätten sich vielleicht darüber gewundert, mit welchem Gleichmut Mutter und Sohn auf die Attacke reagierten. Die Kommissarin fand dies nicht erstaunlich, denn sie lebte inzwischen schon einige Jahre auf Borkum. Die Inselfriesen neigten nicht zu übertriebener Hysterie. Das raue Leben auf einem Eiland weit vor der Küste hatte sie gelehrt, Schicksalsschläge mit stoischer Geduld hinzunehmen und ihr Leben einfach weiterzuführen. Mona setzte sich zu den Warringas und Enno, dann berichtete sie von ihrer Begegnung mit Oliver Knapp. Abschließend versicherte sie: »Wir werden alles tun, um ihm die Tat nachzuweisen. Mich würde interessieren, warum dieser Kerl dich mit seinem Hass verfolgt, Jörn. Hast du eine Erklärung dafür?«

Warringa unterschied sich schon äußerlich stark von Knapp. Während der mutmaßliche Steinewerfer dunkelhaarig und eher schlaksig war, ähnelte Warringa mit seinen hellblonden Haaren, seinen wasserblauen Augen und den breiten Schultern dem Klischeebild eines kräftigen Friesen. Er sagte: »Diese Frage habe ich mir auch schon gestellt, Mona. Während der Untersuchungshaft hat mein Strafverteidiger mich darüber informiert, dass eine Person namens Knapp eine Hetzkampagne losgetreten hat. Ich kenne diesen Menschen überhaupt nicht. Mir fällt nur eine halbwegs befriedigende Erklärung ein: Meine Frau hat einmal in einem Nebensatz erwähnt, dass ein Kerl namens Oliver hinter ihr her wäre. Sie wollte aber nichts von ihm, schließlich war sie mit mir verheiratet. Christin hat nie wieder von ihm gesprochen. Daher nahm ich an, dass er aufgegeben hätte.«

»Deine Frau können wir leider nicht mehr fragen«, stellte Enno fest, nachdem er einen Schluck Tee getrunken hatte, »und wenn wir Knapp darauf ansprechen, wird er uns garantiert nicht die Wahrheit sagen.«

Mona ergänzte: »Mit der Wahrheit scheint er es sowieso nicht so genau zu nehmen, wobei ich ihn nicht für einen begnadeten Lügner halte. Ich gehe mal davon aus, dass du deine Frau tatsächlich nicht umgebracht hast. Also läuft irgendwo noch ein Mörder frei herum.«

»Gab es denn keine anderen Verdächtigen?«, wollte der Oberkommissar wissen.

»Meinem Rechtsanwalt ist es gelungen, auf begründete Zweifel an meiner Schuld hinzuweisen«, erklärte Warringa, »der wahre Täter hat sich große Mühe gegeben, mir den Mord in die Schuhe zu schieben. Aber von einem konkreten Verdacht gegen eine andere Person weiß ich nichts. Die Tatwaffe war ein Gemüsemesser, das ich als Hobbykoch oft verwendet habe. Also befanden sich auch meine Fingerabdrücke darauf. Und Rückstände von Christins Blut ließen sich auf der Klinge nachweisen. Außerdem behauptete eine Freundin meiner Frau, dass Christin sich von mir bedroht gefühlt hätte. Sie hat ihre Aussage später allerdings widerrufen, was die Position der Staatsanwaltschaft natürlich geschwächt hat.«

»Könnte diese Freundin mit dem wahren Mörder unter einer Decke stecken?«, fragte Mona. Warringa zuckte mit den Achseln: »Das ist durchaus möglich. Ich kenne Jessica Liebig kaum. Sie hat sich mit Gedächtnislücken herausgeredet. Wahrscheinlich wollte sie verhindern, dass man ihr eine absichtliche Falschaussage würde nachweisen können.«

»Wie bist du überhaupt unter Mordverdacht geraten? Wir haben den Strafprozess nicht verfolgt.«

»Der entscheidende Punkt war ein Telefonat, das Christin mit der Hamburger Notrufzentrale geführt hat«, erläuterte Warringa. »Sie sagte wörtlich: ‚Helfen Sie mir, mein Mann will mich töten!‘ Sofort wurde ein Streifenwagen dorthin geschickt, wo ihr Handy geortet werden konnte. Eure Kollegen waren innerhalb von acht Minuten vor Ort. Sie fanden das blutbeschmierte Telefon und das Küchenmesser, doch von Christin fehlte jede Spur. Es wurde vermutet, dass ich die Leiche ins

Hafenbecken geworfen hätte. Es handelt sich um eine einsame Ecke, wo auch tagsüber kaum ein Mensch unterwegs ist. Darum gab es keine Zeugen. Es wurden Taucher angefordert – aber die Leiche wurde nicht gefunden.«

»Auch später nicht?«, hakte Mona nach. Warringa schüttelte den Kopf. Von seiner Miene ließ sich unmöglich ablesen, ob er den Verlust seiner Ehefrau bedauerte oder nicht. Die Kommissarin führte sich vor Augen, dass der Mord sich vor fast einem Jahr ereignet hatte. Warringa hatte also einige Zeit gehabt, um Christins Tod zu verarbeiten.

»Ein Mordprozess ohne Opfer ist immer eine heikle Angelegenheit«, stellte Enno fest. Warringa nickte und erwiderte: »Mein Strafverteidiger hatte beim Prozess die Möglichkeit ins Spiel gebracht, dass Christin ihren Tod nur vorgetäuscht hat und untergetaucht ist. Laut Staatsanwaltschaft haben eure Hamburger Kollegen in diese Richtung ermittelt, aber keine Hinweise darauf gefunden.«

Mona war skeptisch: »Ist es denn überhaupt vorstellbar, dass deine Frau so etwas hätte tun sollen? Wer spurlos verschwindet und dadurch den eigenen Ehemann ins Gefängnis bringt, müsste dafür ein sehr gutes Motiv haben.«

»Ja, und mir ist absolut kein Grund dafür eingefallen, dass Christin mir so etwas antun könnte!«, betonte Warringa. Er fuhr fort: »Wahrscheinlich wurde sie doch ins Hafenbecken geworfen. Ein Gutachter im Prozess hat erklärt, dass die Schiffsschrauben der Containerriesen und der Schlepper unberechenbare Strudel verursachen können. Wenn der Körper in so eine Wasserbewegung gerät, dann kann er innerhalb kurzer Zeit ein großes Stück weit weggetrieben werden. Es wäre möglich, dass Christin elbabwärts Richtung offene See geriet ...«

Es fiel ihm sichtlich schwer, den letzten Satz auszusprechen. Darüber wunderte Mona sich nicht. Offenbar hatte Jörn echte Gefühle für seine Frau gehabt. Und der Gedanke daran, was mit ihr geschehen sein konnte, nahm ihn trotz seiner friesischen Zurückhaltung erkennbar mit.

»Enno und ich werden den Mord an Christin leider nicht per Ferndiagnose aufklären können«, sagte die Kommissarin schnell, »und ich zweifle nicht daran, dass unsere Hamburger Kollegen sorgfältig gearbeitet haben. - Unsere Aufgabe besteht darin, Aafkes und deine Sicherheit zu garantieren. Darum möchten wir euch bitten, beim kleinsten Verdacht auf eine Gefahr sofort die Wache anzurufen. Ein Streifenwagen kann innerhalb von fünf Minuten hier sein.«

»Ja, auf der Hindenburgstraße herrscht selten Stau«, meinte Warringa grinsend. Mona vermutete, dass es ihm unangenehm war, noch kurz zuvor emotional geworden zu sein. Deshalb versuchte er offenbar, dies mit einer launigen Bemerkung zu überspielen.

»Unsere Warnung war schon ernst gemeint«, stellte Enno klar.

»Das weiß ich, und ich wollte nicht respektlos sein«, betonte Warringa. Er fuhr fort: »Es ist nur so, dass ich Typen wie Knapp kenne. Hinter Gittern habe ich etliche Kerle von diesem Schlag getroffen. Sie reißen ihre Klappe groß auf, aber wenn es hart auf hart kommt, dann fallen sie vor Angst in Ohnmacht. Ich wette, dass Knapp das Herz in die Hose gerutscht ist, als Mona ihn vorhin zur Rede gestellt hat!«

»Das ist schon möglich«, stimmte die Kriminalistin grinsend zu, »trotzdem solltet ihr vorsichtig sein. Der Stein hätte vorhin Aafke auch am Kopf treffen können.«

»Ich hab einen harten Schädel«, meinte Frau Warringa trocken. Als Borkum noch eine Walfängerinsel war, verbrachten die Männer den größten Teil des Jahres im Polarmeer auf der Jagd nach ihrer riesigen Beute. Die Frauen mussten daheim allein mit Haus, Hof und Kindern zurechtkommen – viele von ihnen als Witwen, denn so mancher Insulaner kehrte nicht von den Fangfahrten zurück. Mona dachte oft, dass dieses Erbe von Härte und Entbehrungen die gebürtigen Borkumerinnen geprägt haben musste, auch heutzutage noch.

»Haltet bitte einfach die Augen offen«, bat die Kommissarin Mutter und Sohn. Nachdem die Ermittler sich verabschiedet hatten, machten sie sich auf den Rückweg zur Polizeistation.

»Ich weiß nicht, was ich von Knapp halten soll«, gestand Mona ihrem Kollegen, »als der Chef uns von diesem Alcatraz-Vergleich berichtet hat, hielt ich diesen Krimiblogger noch für einen typischen Internet-Tastaturkrieger. Aber es ist schon eine andere Sache, mitten am Vormittag einen Stein in ein Fenster zu werfen. Ich fürchte, dass seine Aggression sich immer weiter hochschaukelt, wenn wir nichts unternehmen. - Fandest du übrigens Jörns Erklärung für Knapps Abneigung gegen ihn einleuchtend, Enno?«

»Bisher ist uns zumindest kein anderer Grund bekannt«, unterstrich der Ostfriese.

»Welchen Beruf hat Warringa eigentlich ausgeübt, bevor er verhaftet wurde?«, wollte Mona wissen.

»Er arbeitete als Stuckateur. Das hat er mir vorhin erzählt, als du den Steinewerfer verfolgt hast.«

»Stuckateure? Die befassen sich doch mit Wärmedämmung, verputzen Rohbauten und machen Fassadenverkleidung, oder?«, hakte Mona nach.

»Ja, genau.«

Nachdem der Oberkommissar das gesagt hatte, erwiderte sie nichts. Offenbar nahm ihr Gesicht einen nachdenklichen Ausdruck an, denn Enno fragte nach: »Was geht dir durch den Kopf?«

Sie fühlte sich ertappt: »Ist es so offensichtlich, dass ich ein paar Überlegungen wälze? Ich habe mir vorgestellt, dass Warringa bei seinem Job etwas entdeckt haben könnte, das ihn nichts anging. Und als dies herauskam, könnte jemand versucht haben, ihn kaltzustellen – indem ihm der Mord an seiner Frau in die Schuhe geschoben werden sollte.«

»Ich will ja kein Spielverderber sein«, betonte Enno, »aber falls Warringa zufällig auf ein Geheimnis gestoßen ist – wäre es dann nicht naheliegender, *ihn* ins Jenseits zu befördern? Es sei denn, Christin wäre seine Mitwisserin gewesen. Dann hätte der Mörder zwei Fliegen mit einer Klappe schlagen können.«

»Ja, meine Theorie ist noch zu unausgegoren«, gab Mona selbstkritisch zu, »Gut, dass ich sie Oltbeck nicht auf dem Silbertablett serviert habe – sonst hätte ich mir gleich wieder den nächsten Rüffel abgeholt.«

»Ich werde dem Chef gegenüber deine wilden Fantasien unerwähnt lassen«, versicherte der Oberkommissar.

»Doofmann!«, rief Mona lachend und knuffte ihn spielerisch in die Flanke. Wenig später betraten die beiden das Büro des Dienststellenleiters und erstatteten ihm Bericht. Oltbeck legte seine Stirn in Falten, als er von dem Steinwurf hörte: »Besteht denn eine Chance, dass diesem Knapp die Tat nachzuweisen ist?«

»Wir können zumindest seine Fingerabdrücke nehmen«, schlug Mona vor, »um sie mit möglichen Spuren auf dem Stein zu vergleichen. Ich bezweifle zwar, dass wir damit Erfolg haben – aber vielleicht wird Knapp durch unseren Besuch so eingeschüchtert, dass er von weiteren Aktionen absieht.«

»Tun Sie einfach Ihr Bestes.«

Mit dieser Floskel beendete der Hauptkommissar die kurze Besprechung.

Die *Pension Bollmann*, in der Knapp wohnte, befand sich in der Süderstraße und war von der Polizeistation aus fußläufig zu erreichen.

»Zufälle gibt es ...«, meinte Mona augenzwinkernd.

»Wie meinst du das?«

»Unser Lieblingslokal liegt auf dem Weg von hier zu der Pension, und außerdem ist auch fast schon Mittagszeit«, erklärte sie, wobei sie betont unschuldig tat.

»Ja, ich könnte auch einen Happen vertragen«, gab Enno zurück und strich zur Bekräftigung seiner Worte über seinen runden Bauch. So kam es, dass die beiden einen Zwischenstopp im *Knurrhahn* einlegten. Sie hatten Glück und konnten in dem beliebten Fischimbiss in der Franz-Habich-Straße einen freien Stehtisch ergattern. Mona bestellte einen Neptunsalat, Enno Seelachsfilet mit Kartoffelsalat. Während sie auf ihr Essen warteten, tranken die beiden alkoholfreies Bier.

»Jörn musste seine Wohnung in Hamburg aufgeben, während er in Untersuchungshaft saß«, berichtete der Ostfriese, »und da er momentan mittellos ist, hat er sich zunächst wieder bei seiner Mutter einquartiert.«

»Für einen geschickten Handwerker gibt es auf Borkum immer etwas zu tun«, meinte Mona, »da ist es egal, ob er Stuckateur oder einen ähnlichen Beruf gelernt hat. Mir macht nur Sorgen, dass Knapp mit seiner Hetze weitere Personen gegen Warringa aufstacheln könnte.«

»Falls das geschehen sollte, wird er nur Zugereiste und Touristen beeinflussen können«, vermutete Enno, »ich kenne doch unsere Insulaner. Der Name Warringa gilt auf Borkum noch etwas. - Eusebius Warringa war Steuermann auf der *Florentina*, durch seine Kaltblütigkeit hat er während eines furchtbaren Sturms der ganzen Besatzung das Leben gerettet. Die meisten Männer an Bord waren Borkumer. So etwas vergisst man nicht.«

»Wann hat das Ereignis stattgefunden?«

»1776«, erwiderte Enno.

»Und du glaubst wirklich, dass deshalb ein Nachfahre dieses tapferen Seemanns heutzutage noch wertgeschätzt wird?«, fragte Mona skeptisch.

»Zumindest in den Familien, deren Vorfahren auf der *Florentina* angeheuert hatten«, schränkte Enno ein und fügte hinzu: »Übrigens fuhr damals auch ein gewisser Hauke Moll als Schiffsjunge mit. Wenn er im Polarmeer ertrunken wäre, würdest du hier heute mit einem anderen Oberkommissar mittagessen.«

»Das ist eine entsetzliche Vorstellung«, erwiderte die Kriminalistin augenzwinkernd. Sie war immer wieder beeindruckt davon, was für eine große Rolle die Vergangenheit auf der Insel immer noch spielte. Mona hatte nichts gegen Traditionen, obwohl diese in ihrer eigenen Familie nicht gepflegt wurden. Ihre Mutter hätte es nur gern gesehen, wenn sie Lehrerin geworden wäre – so wie Dagmar Sander selbst. Aber Mona konnte sich nichts Besseres vorstellen, als Polizistin auf Borkum zu sein. Während ihr diese Gedanken durch den Kopf schwirrten, war das Essen servierfertig. Die beiden machten sich über ihre leckeren Gerichte her. Nachdem sie aufgegessen und gezahlt hatten, setzten sie ihren Weg zur *Pension Bollmann* fort. Der Beherbergungsbetrieb war in einer der geräumigen Jahrhundertwende-Villen untergebracht, die man im Borkumer Zentrum häufig sah. Momentan ging es im Eingangsbereich turbulent zu, da vor kurzem ein Zug der Kleinbahn auf dem Inselbahnhof eingetroffen war und neue Gäste gebracht hatte. Entsprechend gestresst wirkte die Pensionswirtin Gitta Bollmann, die mit einigen Urlaubern sprach und den Ermittlern einen gereizten Blick zuwarf.

»Moin, wir stören nicht lange«, versicherte Enno, »wir müssen nur mit deinem Gast Oliver Knapp sprechen, Gitta.«

»Den Herrn habe ich seit dem Frühstück nicht mehr gesehen«, erwiderte die Wirtin. Bevor die Kommissare darauf eingehen konnten, ertönte hinter ihnen eine andere weibliche Stimme: »Was wollen Sie denn von meinem Freund?«

Mona drehte sich um und erblickte eine blonde Frau Anfang dreißig in Shorts, ärmelloser gelber Bluse und Sandalen. Sie hielt eine Reisetasche in der Hand, war offenbar ebenfalls gerade erst mit der Fähre auf der Insel eingetroffen.

»Moin, ich bin Kommissarin Sander. Das ist Oberkommissar Moll. Wir sind von der Polizei Borkum. Wie heißen Sie?«

»Mein Name ist Jessica Liebig. Und ich möchte jetzt erfahren, warum Sie sich für Oliver interessieren!«

Kapitel 4

Knapp war also mit der Frau verbandelt, die als Belastungszeugin gegen Warringa aufgetreten war und dann später unter »Gedächtnislücken« litt? Darüber wollte Mona unbedingt mehr erfahren. Sie sagte: »Wir können uns gern kurz unterhalten, wenn es Ihnen recht ist. Die Pensionswirtin ist momentan ohnehin noch mit den anderen anreisenden Gästen beschäftigt. Sie sind eben gerade erst auf Borkum eingetroffen, nehme ich an?«

Jessica Liebig antwortete: »Ja, ich konnte früher keinen Urlaub bekommen. Oliver ist schon mal vorausgefahren … er hat für mich ab heute hier ein Zimmer gebucht.«

Sie deutete auf das weiß gestrichene Gebäude, an dessen Front sich Heckenrosen hochrankten. Enno machte eine einladende Handbewegung: »Hinter dem Haus gibt es eine Sonnenterrasse, dort können wir ungestört miteinander sprechen.«

Knapps Freundin wirkte nicht begeistert, aber ihr fiel scheinbar kein Gegenargument ein. Der Ostfriese nahm als Gentleman ihre Reisetasche, und die drei gingen zu dem gepflasterten Platz, der von Bäumen eingerahmt wurde und wo bequeme Gartenmöbel zum Verweilen einluden. Nachdem alle Platz genommen hatten, fragte Jessica Liebig: »Warum interessiert sich die Polizei für meinen Freund?«

»Es geht um eine laufende Ermittlung, wir benötigen seine Fingerabdrücke«, erklärte Mona.

»Oliver würde sich nie etwas zuschulden kommen lassen«, behauptete Jessica Liebig. »Gerechtigkeit ist ihm sehr wichtig, deshalb betreibt er ja seinen Krimiblog.«

»Wie haben Sie beide einander eigentlich kennengelernt?«, wollte Enno wissen. Jessica Liebig zögerte, aber dann öffnete sie doch den Mund. Mona hatte schon öfter die Erfahrung gemacht, dass Zeugen oder Verdächtige sich dem Oberkommissar eher öffneten als ihr selbst. Seine freundliche onkelhafte Art kam offensichtlich gut an, während die Ermittlerin sich mit ihrem losen Mundwerk schnell unbeliebt machte. Im Lauf der Zeit war es schon besser geworden, aber sie konnte eben nicht aus ihrer Haut.

»Oliver und ich begegneten einander bei dem Strafprozess gegen den Mörder meiner Freundin Christin«, sagte Jessica Liebig,

»wahrscheinlich kennen Sie den Täter sogar, er wurde auf freien Fuß gesetzt und wohnt unbehelligt auf dieser Insel!«

»Sie sprechen von dem Verfahren, bei dem Sie plötzlich Ihr Gedächtnis im Stich gelassen hat?«

Diese Stichelei kam natürlich von der Kommissarin, der die selbstgerechte Art dieser Frau gehörig auf den Keks ging. Mona fand, dass Jessica Liebig ganz hervorragend zu Oliver Knapp passte. Jessica Liebig fauchte: »Ich *wäre* bei meiner Aussage geblieben, aber der Verteidiger griff nach jedem Strohhalm, um seinen Mandanten unschuldig erscheinen zu lassen. Außerdem wusste ich wirklich nicht mehr genau, ob Warringa seine Frau mit dem Tod oder mit der Trennung bedroht hat. Beide Worte beginnen mit einem T, nicht wahr? Und ich bin ehrlich gesagt nicht mehr ganz nüchtern gewesen, als sie fielen.«

»Also hat Warringa diesen Satz in Ihrer Gegenwart gesagt?«

»Eigentlich nicht, Herr Moll. Aber Christin hat mir wenig später völlig aufgelöst davon berichtet.«

»Dann handelt es sich sowieso nur um Hörensagen«, stellte Mona nüchtern fest.

»Was wollen Sie eigentlich von mir und meinem Freund?«, grollte Jessica Liebig und warf der Kriminalistin einen missbilligenden Blick zu.

»Jörn Warringa wurde von einem ordentlichen Gericht freigesprochen und hat deshalb als unschuldig zu gelten«, unterstrich der Ostfriese geduldig, »leider scheint Oliver Knapp dies nicht ernst zu nehmen. Er vergleicht Borkum mit einer amerikanischen Gefängnisinsel und macht aus seiner Verachtung für die unabhängige Justiz kein Hehl.«

»So etwas nennt man Meinungsfreiheit!«, ätzte Jessica Liebig. Mona wurde es zu bunt: »Meinetwegen kann jeder Depp sich zu Dingen äußern, von denen er keine Ahnung hat. Aber der Spaß hört auf, wenn Fensterscheiben eingeworfen werden – und es ist sehr gut möglich, dass Ihr Freund eine solche Tat begangen hat.«

»Können Sie das beweisen, Frau Sander?«

»Aus diesem Grund sind wir hier – um seine Fingerabdrücke zu nehmen!«

Die Kommissarin bekräftigte ihre Worte, indem sie den Scanner hervorzog, den sie in einer Tasche bei sich hatte.

»Tun Sie, was Sie für richtig halten«, erwiderte Knapps Freundin schnippisch, »Oliver kann nicht der Täter sein.«

»Was macht Sie so sicher?«, forschte Enno.

»Ich kenne ihn, er ist ein guter Mensch«, versicherte Jessica Liebig. Mona verkniff sich einen weiteren Kommentar. Nach Meinung der Kommissarin war dieser Krimiblogger ein aufgeblasener Wichtigtuer, der einen persönlichen Rachefeldzug gegen den Mann führte, den er nach wie vor für Christins Mörder hielt. Mona konnte nicht beurteilen, ob Warringa zu Recht freigesprochen wurde oder nicht. Solange das Urteil feststand und nicht revidiert wurde, hatte sie sich daran zu halten.

»Weiß Ihr Freund überhaupt, dass Sie jetzt hier eingetroffen sind?«, fragte die Ermittlerin scheinbar beiläufig.

»Selbstverständlich, Frau Sander. Oliver wollte mich eigentlich vom Inselbahnhof abholen, aber wir müssen uns dort wohl verpasst haben. Zum Glück ist es ja nicht so schwierig, zu dieser Pension zu finden.«

»Versuchten Sie gar nicht, ihn telefonisch zu erreichen?«

»Selbstverständlich habe ich das getan, Herr Moll. Aber Olivers Gerät ist ausgeschaltet. Wahrscheinlich hatte er gerade etwas Wichtiges zu tun.«

Zum Beispiel ein Fenster einzuwerfen, dachte Mona. Sie sagte: »Vielleicht möchten Sie es erneut probieren.«

Die Antwort bestand aus einem Schulterzucken. Aber immerhin ließ sich Jessica Liebig dazu herab, auf den Vorschlag einzugehen.

»Das Handy ist immer noch aus«, stellte sie fest. Hatte Knapp überhaupt ein Telefon bei sich gehabt? Diese Frage stellte die Kommissarin sich selbst. Wenn ja, dann bewahrte er es wahrscheinlich in der Bauchtasche auf, in der sich auch sein Personalausweis befunden hatte. Sie tippte nun die Zahlenfolge in ihr Smartphone, die sie von Knapp erhalten hatte. Auch ihr Kontaktversuch scheiterte.

»Jetzt mache ich mir allmählich Sorgen«, murmelte Knapps Freundin, »auf Borkum läuft ein Mörder frei herum – und Oliver, der die Wahrheit über diesen Mann gesagt hat, ist nicht zu erreichen.«

»*Wahrheit* ist ein ziemlich dehnbarer Begriff, besonders im Internet«, spottete Mona, »und mit der Bezeichnung *Mörder* sollten Sie vorsichtig sein, solange Sie kein Tötungsdelikt beweisen können. Darf ich Sie daran erinnern, dass Sie selbst Ihre Zeugenaussage zurückgezogen haben?«

»Das habe ich inzwischen bitter bereut, Frau Sander. Der Staatsanwalt meinte, dass eine halbgare Angabe vor Gericht dem Angeklagten eher nützen als schaden würde. Auch Oliver sagt, dass es sich um ein abgekartetes Spiel handeln würde.«

Für die Kriminalistin stand fest, dass Jessica Liebig die Ansichten ihres Freundes übernommen hatte. Daher erschien es ihr sinnlos, mit ihr darüber zu diskutieren.

»Warum sind Sie nach Borkum gekommen?«, fragte Mona direkt.

Jessica Liebig erwiderte: »Oliver und ich wollen uns vergewissern, dass Warringa hier keinen neuen Schaden anrichten kann. Aber ich bin schon jetzt nicht mehr sicher, ob das eine gute Idee war.«

»Die Verbrechensbekämpfung sollte man besser der Polizei überlassen.«

Diese Feststellung konnte die Kommissarin sich nicht verkneifen. Knapps Freundin öffnete den Mund, wollte vermutlich zu einer scharfen Antwort ansetzen. Enno nahm ihr den Wind aus den Segeln: »Wir werden Oliver Knapp ganz bestimmt finden, wahrscheinlich hat er nur am Strand oder in einer Bar auf der Promenade die Zeit vergessen, das passiert vielen Urlaubern.«

Seine sympathische Art machte es Jessica Liebig offenbar schwer, sich aufzuregen. Sie atmete tief durch und murmelte: »Bitte sorgen Sie dafür, dass ihm nichts geschieht.«

Die Ermittler ließen sich die Mobilnummer der Frau geben und versprachen, sie so bald wie möglich zu informieren. Dann verabschiedeten sie sich. Als die beiden außerhalb von Jessica Liebigs Hörweite waren, sagte Mona: »Ich weiß nicht, was ich von der Sache halten soll. Knapp als unschuldiges Opfer eines blutrünstigen Mörders? Dass ich nicht lache! Würdest du Warringa zutrauen, dass er diesen Kerl durch die Mangel dreht?«

Der Oberkommissar antwortete: »Jörn ist nicht vorbestraft, wenn man seine Untersuchungshaft ausklammert. So, wie ich ihn heute erlebt habe, halte ich ihn nicht für einen aggressiven Menschen. Andererseits: Das Gefängnis kann den Charakter gründlich verändern, meist leider nicht zum Positiven. Und der Stein hätte seine Mutter oder ihn schwer verletzen können, das haben wir ja schon festgestellt. Da liegt es nahe, mit dem Verursacher abrechnen zu wollen.«

»Ich hoffe wirklich, dass Warringa Knapp *keine* Abreibung verpasst hat«, gestand Mona, »ich gönne diesem Alcatraz-Typen die

Genugtuung nicht, den vermeintlichen Mörder in Handschellen zu sehen – nur, weil er selbst Jörn provoziert hat.«

»Noch steht nichts dergleichen fest«, beschwichtigte Enno. »Lass uns erst einmal zur Waterdelle fahren. Vielleicht hat Jörn ja seit unserem Besuch die ganze Zeit bei seiner Mutter in der Küche gesessen. Dann hätte er zumindest schon mal ein Alibi – obwohl es besser wäre, wenn es nicht von einer nahen Verwandten stammen würde.«

Die Kommissarin nickte gedankenverloren. Sie versuchte, sich vorzustellen, was Knapp nach der Begegnung mit ihr getan haben konnte. Aber sie merkte, dass ihre Spekulationen sinnlos waren. Sie kannte Knapp zu wenig, um seine Reaktionen einschätzen zu können. Eigentlich hatte sie gehofft, ihn durch ihre Warnung von weiteren Straftaten abgehalten zu haben. Sie war nämlich nach wie vor der Meinung, dass er den Stein geworfen haben musste. Aber vielleicht wollte Knapp nun richtig aufs Ganze gehen? Sie führte sich vor Augen, dass er sich im Recht fühlte. Und solchen Menschen war alles zuzutrauen. Während der Fahrt auf der Hindenburgstraße hatte Mona jedenfalls ein mulmiges Gefühl in der Magengrube. Und als Enno den Dienstwagen vor dem Haus der Warringas zum Stehen brachte, stellte sie sich innerlich auf einen Schock ein. Zu ihrer Erleichterung öffnete Aafke die Tür schon bald, nachdem der Oberkommissar an der Tür geschellt hatte.

»Moin, wir sind es schon wieder«, erklärte Enno lächelnd.

»Das sehe ich.«

»Ist dein Sohn auch anwesend?«

»Nein, Enno. Nachdem ihr weggegangen seid und wir die Fensterscheibe notdürftig geflickt hatten, war er ziemlich aufgedreht. Es kam ihm so vor, als ob er sich in seinem Elternhaus nicht mehr sicher fühlen könnte. Ich schlug ihm vor, ein wenig spazieren zu gehen, um sich abzureagieren.«

»Das ist gewiss eine gute Idee gewesen«, erwiderte Enno. »Hat Jörn denn gesagt, wohin er wollte?«

»Nee, leider nicht. - Warum wollt ihr das wissen? Steckt er schon wieder in Schwierigkeiten?«

»Darauf gibt es keinen Hinweis«, beruhigte der erfahrene Kriminalist sie. Während ihr Kollege mit Warringas Mutter sprach, versuchte Mona, das Mienenspiel und die Körpersprache der älteren Frau richtig zu deuten. Aafke Warringa wirkte nicht angespannt oder gestresst. Es gab keinen Hinweis darauf, dass sie die Unwahrheit sagte oder jemanden deckte. Aber – würde Jörn seiner Mutter angekündigt haben, wenn er mit dem Steinwerfer abrechnen wollte? Das kam der Kommissarin nicht sehr wahrscheinlich vor.

»Es wäre gut, wenn wir deinen Sohn telefonisch erreichen könnten«, sagte Mona, wobei sie möglichst unverfänglich zu klingen versuchte.

»Das dürfte schwierig werden. Jörn hat sein Handy auf dem Küchentisch liegen gelassen«, gab Aafke zurück. Sie hatte die Kommissare inzwischen ins Haus gebeten und deutete auf das Gerät. Monas auf Unheil deutendes Bauchgefühl verstärkte sich. Sie fragte: »In was für einer Stimmung war dein Sohn, als er fortgegangen ist? Wirkte er zornig oder wütend?«

»Nee, das kann man nicht sagen«, behauptete Warringas Mutter. »Jörn konnte einfach nicht mehr die Füße stillhalten. Er musste so lange in einer engen Zelle ausharren, für ihn ist es jetzt so wichtig, in die Weite gehen zu können.«

Dafür hatte Mona vollstes Verständnis. Sie war zwar noch niemals in einer Strafanstalt eingesperrt gewesen, aber die langen Stunden an ihrem Büroschreibtisch kamen ihr manchmal auch schon wie ein Aufenthalt hinter Gittern vor. Umso größer war dann immer ihre Freude, wenn sie mit ihrem Hund auf den freien Strand hinauslaufen konnte, der sich bei Ebbe fast bis zum Horizont zu erstrecken schien und auf dem andere Menschen weit vor ihr wie winzige Schachfiguren wirkten. Hinzu kamen noch das beruhigende Geräusch der Brandung und das Kreischen der Möwen … ja, sie konnte nachvollziehen, was in Warringa vorgehen musste.

»Du weißt nicht zufällig, welche Richtung dein Sohn eingeschlagen hat?«

»Nee, Enno. Ich war in der Küche mit dem Abwasch beschäftigt. Jörn verabschiedete sich, dann hörte ich, wie die Haustür zuklappte.«

»Wann war das?«, wollte Mona wissen.

»So gegen 12 Uhr. - Jörn steht spät auf, seit er wieder bei mir wohnt. Das liegt daran, dass er im Gefängnis immer in aller Herrgottsfrühe aus dem Bett musste. Wir essen jetzt immer abends zusammen eine warme Mahlzeit«, berichtete Warringas Mutter. Die Kommissarin schaute auf die Uhr. Jetzt war es kurz nach zwei Uhr nachmittags. Sie sagte: »Könntest du deinem Sohn bitte ausrichten, dass er sich auf der Wache melden soll, wenn er zurückkommt? Es ist wichtig.«

»Klar, das mach ich«, versicherte Aafke Warringa. Sie fügte hinzu: »Ich hatte gehofft, mein Junge würde nach dem Freispruch zur Ruhe kommen. Aber das ist wohl ein Irrtum gewesen.«

»Jörn soll bitte einfach Kontakt mit uns aufnehmen.«

Mit diesen Worten verabschiedete Enno sich von Aafke Warringa. Gemeinsam mit Mona verließ er das Haus. Die Kommissarin blieb nachdenklich neben der Fahrbahn stehen: »Jörn kann in jede Richtung gegangen sein. Hier ist ein kleiner Fußweg, der zu den Dünen führt. Ich erkenne sogar Fußspuren, die allerdings auch von jeder anderen männlichen Person stammen können. Jörn muss bei seiner Größe ziemliche Quadratlatschen haben – oder ist es nur ein Vorurteil, dass hochgewachsene Männer mit riesigen Füßen gesegnet oder verflucht sind? Sie ...«

Mona unterbrach sich selbst. Sie war dem Pfad ein paar Schritte weit gefolgt. Nun blieb sie abrupt stehen und deutete mit dem Zeigefinger auf einen der hölzernen Zaunpfähle, mit denen das Grundstück der Warringas umfriedet war.

Darauf konnte man deutlich frische Blutspuren erkennen.

Kapitel 5

Auch Enno bemerkte nun die Flüssigkeit. Er setzte seine Brille auf und beugte sich vor: »Kannst du eine Probe sichern?«

»Ja, es ist noch nicht ganz getrocknet.«

Mona hatte einen Latexhandschuh übergezogen. Sie tunkte ihre Fingerspitze vorsichtig in das Blut, dann tat sie den Handschuh in einen Beutel für Beweisstücke. Außerdem fotografierte sie den Zaunpfahl.

»Ob Aafke bemerkt hat, was wir hier tun?«, dachte sie laut nach. Ihr Kollege schüttelte den Kopf: »Nee, das glaube ich nicht. In der Hauswand direkt vor uns sind keine Fenster, und ich habe sie nicht aus der Tür treten sehen. - Du glaubst, dass sie ihren Sohn warnen würde?«

»Ja, zumindest müssen wir damit rechnen«, erwiderte Mona und fuhr fort: »Bei den heutigen Temperaturen ist diese Spur vor ungefähr einer Stunde entstanden, also gegen ein Uhr. Ich stelle mir Folgendes vor: Jörn kehrt gerade von seinem Spaziergang zurück, als er Knapp bemerkt, der um sein Elternhaus schleicht. Jörn wird wütend, es kommt vielleicht zu einem Wortgefecht. Ich weiß aus eigener Erfahrung, wie provokant Knapp sein kann. Jörn verpasst ihm einen Schlag, woraufhin das Blut an den Zaun spritzt. Allzu groß kann die Wunde nicht sein, sonst müssten wir hier viel mehr davon bemerken. Oder Knapp presst gleich ein Tuch oder Ähnliches auf die verletzte Stelle, das kann natürlich auch sein. Er hat jedenfalls kapiert, dass mit Jörn nicht gut Kirschen essen ist. Knapp gibt Fersengeld, gefolgt von Jörn.«

»Es könnte auch umgekehrt gewesen sein«, gab Enno zu bedenken. »Knapp als selbsternannter Mörderjäger scheint kein Problem mit Selbstjustiz zu haben. Vielleicht besitzt er eine Waffe, von der wir noch nichts wissen? Andererseits – du hast ihm klargemacht, dass wir ihn jetzt im Auge haben. Für mich ist keineswegs klar, was sich zwischen den beiden Männern abgespielt hat.«

»Du hast ja recht«, gab die Kriminalistin selbstkritisch zu, »ich war wieder einmal zu voreilig.«

Der Oberkommissar ging nicht auf diese Bemerkung ein. Er deutete auf das unmittelbare Nachbargrundstück: »Das ist ein Ferienhaus, trotz Hauptsaison steht es momentan leer. Dort werden wir keine Zeugen erwarten können – wobei Touristen bei dem heutigen Wetter sowieso am Strand zu finden wären. Ich finde deine Erklärung der Ereignisse plausibel, bis auf einen Punkt: Nach deiner Beschreibung ist Knapp alles andere als eine Sportskanone, während Jörn ziemlich durchtrainiert zu sein scheint. Würde er seinen fliehenden Widersacher nicht nach wenigen Metern eingeholt haben, um ihn grün und blau zu prügeln?«

Mona zeigte auf die Dünenkuppe vor ihr: »Vielleicht liegt Knapp in der Mulde dahinter und braucht dringend Hilfe!«

Sie sprintete los. Knapp war ihr höchst unsympathisch, trotzdem wäre sie niemals auf die Idee gekommen, ihn seinem Schicksal zu überlassen. Als Polizistin konnte Mona sich die Menschen nicht aussuchen, die auf ihre Unterstützung angewiesen waren. Vom höchsten Punkt der Gründüne hatte sie einen freien Blick Richtung *Reha-Zentrum Borkum*, das aus einer Anzahl von größeren Rotziegelgebäuden bestand. Auch vom *Café Sturmeck* konnte man weit vor ihr zumindest die flatternde Piratenflagge am Mast erblicken. Doch von Knapp oder Jörn Warringa war in der unmittelbare Umgebung nichts zu sehen. Auch Enno hatte nun die Dünenkuppe erreicht. Er rang nach Atem und meinte: »Wenn wir weder Knapp noch Jörn telefonisch erreichen können, sollten wir nach weiteren Spuren suchen und mögliche Zeugen befragen – klassische Polizeiarbeit eben. Und es ist wirklich besser, Aafke gegenüber Stillschweigen zu bewahren. Auf jeden Fall muss Oltbeck den Fährhafen und den Flugplatz überwachen lassen. Falls Jörn wirklich eine Dummheit gemacht hat und fliehen will, müssen wir dem einen Riegel vorschieben.«

Der Oberkommissar ließ seinen Worten Taten folgen, indem er den Vorgesetzten informierte. Während er mit Oltbeck sprach, blieb Mona nicht untätig. Sie suchte mit ihrem Smartphone im Internet nach Knapps Blog und entdeckte dort ein brauchbares Porträtfoto des Provokateurs. Es konnte nichts schaden, die Aufnahme möglichen Zeugen unter die Nase halten zu können. Es dauerte nicht lange, bis der Ostfriese das Telefonat beendet hatte.

»Hat der Chef einen Herzkasper gekriegt?«

»Begeistert war er auf keinen Fall, Mona. Er hat mich angewiesen, das zu tun, was wir sowieso vorhatten – nämlich nach den beiden Männern zu suchen.«

»Lass uns auf dem Strandabschnitt beginnen, auf dem ich Knapp gestellt habe«, schlug die Kommissarin vor. »Mit etwas Glück sind die benachbarten Badegäste, die ich vorhin gesehen habe, noch da. Sie könnten etwas aufgeschnappt haben, nachdem ich gegangen bin – vielleicht Teile eines Telefonats oder eine Begegnung Knapps mit einer anderen Person.«

Enno war einverstanden, so stapften sie auf dem nächstgelegenen Holzbohlenweg zwischen den Dünen zum Strand hinunter. Mona versuchte stets, für sich selbst Fixpunkte auf dem breiten Sandband festzusetzen, um eine bestimmte Stelle wiederzufinden. Ansonsten bestand die Gefahr, dass sie die zahlreichen Strandkörbe und -zelte miteinander verwechselte und daraufhin bestimmte Personen einfach nicht wiederfand. In diesem Fall hatte sie sich gemerkt, dass die Strandkörbe in Knapps Nähe ausnahmslos von dem Vermieter Freerk Jepsen stammten. Außerdem hatte sich ein Stück weiter hinter Knapps improvisiertem »Strandtuch« einer der großen Drahtkörbe befunden, in den die Spaziergänger Strandgut werfen konnten. Vor einigen Stunden hatte dort ein großer orangefarbener Rettungsring gelegen. Der befand sich auch immer noch dort. Wahrscheinlich war er bei Sturm von Bord eines Frachters oder Passagierschiffs gespült worden. Mona und Enno befragten erfolglos mehrere Badegäste. Doch keiner von ihnen wollte zwei Männer bei einer Verfolgungsjagd gesehen haben, von denen einer eine blutende Wunde hatte. Die Zeugen kamen den Kriminalisten glaubwürdig vor. Sie setzten ihre Suche fort und gingen auf einen Strandkorb zu, in dem es sich ein älteres Ehepaar gemütlich gemacht hatte. Mona erinnerte sich an die beiden, sie hatte sie zuvor mit einem Seitenblick wahrgenommen. Die Eheleute blickten neugierig von ihrem Rätselheft beziehungsweise der Hannoveraner Tageszeitung auf, als die Kriminalistin sie ansprach: »Moin, ich war vorhin schon einmal in der Nähe ...«

Die Urlauberin, eine füllige Dame Mitte fünfzig, zwinkerte Mona verschwörerisch zu: »Ja, Sie schienen sich mit Ihrem Freund gestritten zu haben. Das ist normal bei einer jungen Liebe, das renkt sich wieder ein.«

»Wohl kaum, denn der Herr, mit dem ich eine Auseinandersetzung hatte, ist nicht mein Freund, sondern eine inzwischen verschwundene Person«, erklärte die Kommissarin, wobei sie ihren Dienstausweis zeigte und Enno sowie sich selbst vorstellte. Dann ergänzte sie: »Was hat der Mann gemacht, nachdem ich fortgegangen bin?«

»Darauf haben wir nicht geachtet«, antwortete der Badegast, »wir wollen hier einen ruhigen Urlaub verbringen und mischen uns nicht in die Angelegenheiten anderer Leute.«

Während er sich eher abweisend verhielt, schien seine Frau den Ermittlern helfen zu wollen. Sie sagte: »Er hat Ihnen nachgeschaut, bis Sie außer Sichtweite waren, Frau Sander. Dann griff er zum Handy und nahm mit jemandem Kontakt auf.«

Mona war ganz Ohr: »Konnten Sie mitbekommen, worüber gesprochen wurde?«

»Nein, ich bin doch keine Lauscherin!«, lautete die Antwort. »Außerdem waren das Lachen der Kinder und das Kreischen der Möwen zu laut, um etwas verstehen zu können. Aber es entging mir nicht, dass der Mann aufgebracht war. Ich dachte mir, dass er Sie angerufen hätte, um die Wogen zwischen ihm und Ihnen wieder zu glätten.«

»Da ich kein Liebesverhältnis mit ihm habe, war das nicht der Fall«, konstatierte Mona lächelnd. Sie fügte hinzu: »Erinnern Sie sich, wann ungefähr er diesen Anruf tätigte?«

»Ja, das muss so Viertel vor zwölf Uhr gewesen sein. Nachdem er telefoniert hatte, ging er Richtung Dünen davon.«

Also kann Knapp problemlos gegen ein Uhr beim Warringa-Haus gewesen sein, dachte die Kommissarin.

»Das ist eine sehr wichtige Information«, unterstrich die Kommissarin und gab der Urlauberin eine ihrer Visitenkarten. Sie fügte hinzu: »Bitte kommen Sie im Lauf des Tages zur Wache, um Ihre Aussage schriftlich niederzulegen.«

Der Badegast warf seiner Frau einen missbilligenden Blick zu. Es gefiel ihm offensichtlich nicht, während seiner Ferien in einen Kriminalfall verwickelt zu werden. Aber das war nicht zu ändern. Nachdem die Kommissare die Namen und die Mobilnummern des Ehepaars notiert hatten, verabschiedeten sie sich.

»Warum grinst du denn so?«, fragte Mona, während sie ihren Kollegen betrachtete.

»Bei unserem letzten Fall hast du einen Rechtsanwalt um den kleinen Finger gewickelt, und nun entsteht der Eindruck, als ob du und Knapp Beziehungsstress hättet.«

»Sehr lustig!«, gab die Kriminalistin zurück und streckte Enno die Zunge heraus. »Du tust ja geradezu so, als ob ich eine *Femme fatale* wäre. - Nein, ernsthaft: Wir sollten uns umgehend von Knapps Mobilfunkanbieter die Einzelverbindungsnachweise besorgen. Sein Telefon scheint ja dauerhaft ausgeschaltet zu sein. Ich möchte unbedingt erfahren, mit wem er nach unserer denkwürdigen Begegnung telefoniert hat.«

»Das ist eine gute Idee«, meinte der Oberkommissar, »aber momentan sollten wir uns darauf konzentrieren, Knapp zu finden. Wenn unsere Vermutungen zutreffen, dann ist er zumindest verwundet. Wenn Jörn wirklich auf ihn losgegangen ist, dann wäre dies natürlich eine Steilvorlage, um den vermeintlichen Mörder wegen Körperverletzung anzuzeigen.«

Mona ergänzte: »Es sei denn, er hätte dazu momentan keine Gelegenheit. - Das lässt sich schnell herausfinden.«

Sie zog ihr Handy hervor und rief die Polizeistation an: »Moin, ist heute eine Strafanzeige wegen Körperverletzung gestellt worden?«

»Bist du die Beschuldigte? Was hast du wieder ausgefressen?«, fragte Grietje Smit zurück.

»Deine Witze waren auch schon mal besser. - Also, ja oder nein?«

»Heute ist es ruhig, bisher ist hier nur ein Urlauber aufgetaucht, der seine Geldbörse verloren hat«, gab die freche Polizistin zurück.

»Alles klar, bis später.«

Mit diesen Worten beendete Mona das kurze Telefonat. Sie und ihr Kollege waren inzwischen auf den Pfad zurückgekehrt, der zur Waterdelle führte. Die beiden versuchten, Knapps Weg zu rekonstruieren. Sie standen nun wieder vor dem Zaun hinter dem Haus. Enno dachte laut nach: »Knapp hat also mit einem noch unbekannten Teilnehmer gesprochen, unmittelbar danach oder etwas später schaltet er sein Telefon aus. Warum tut er das?«

»Weil er entweder nicht geortet werden will oder er befürchtet, dass ihn der Klingelton verraten könnte«, antwortete Mona.

»Einverstanden, wobei es für die zweite Variante ausreichen würde, das Gerät auf stumm zu schalten«, sagte der Ostfriese, »und es gibt übrigens auch noch die Möglichkeit, dass jemand ihm das Smartphone wegnimmt und es komplett zerstört.«

»Wobei es sich bei diesem *jemand* um Warringa handeln könnte«, murmelte die Kommissarin. Ihr war diese Lösung zu einfach – und sie schätzte den Stuckateur nicht als einen Menschen ein, der so schnell die Beherrschung verlor. Andererseits ließ sich das Blut am Zaun nicht einfach wegdiskutieren. Aber was hatte sich ereignet, nachdem es geflossen war? Mona schaute zu Boden. Es gab etliche Fußspuren. Manche Spaziergänger benutzten den schmalen Pfad zwischen dem Warringa-Haus und dem Nachbargebäude zweifellos als Abkürzung, um entweder zu dem nahegelegenen *CVJM-Freizeithaus Waterdelle* oder zum *Strandcafé Seeblick* zu gelangen. Und außerdem gab es auch noch die Möglichkeit, zwischen den Dünen einfach einem der Pfade zu folgen. Borkum verfügte über ein Wanderwegenetz von 130 Kilometern. War Warringa seinem Widersacher gefolgt?

»Vielleicht hat sich Knapp erst zum Krankenhaus begeben, um seine Wunde versorgen zu lassen«, gab Enno zu bedenken. Er rief beim kleinen Stadtkrankenhaus der Insel an, aber dort war an diesem Tag niemand mit einer Verletzung erschienen – abgesehen von einer Frau, die am Strand in eine zersplitterte Muschel getreten war. Der Oberkommissar nahm auch Kontakt mit den niedergelassenen Ärzten Borkums auf. Dort war Knapp ebenfalls nicht gewesen. Die Ermittler streiften eine Zeitlang durch das Areal zwischen dem Strandabschnitt, der Jugendbad genannt wurde, und dem Waldlehrpfad, dessen üppige Vegetation gute Versteckmöglichkeiten vor Verfolgern bot. Dabei achteten sie verstärkt auf weitere Blutspuren.

Die Wanderung hatte den übergewichtigen Oberkommissar sichtlich erschöpft, denn es war ein heißer Tag.

»Lass uns kurz verschnaufen«, bat Enno keuchend. Er ließ sich auf die Holzbank in dem Pavillon fallen, der auf halbem Weg zwischen dem Küstenweg und der Waterdelle stand. Mona legte ihre Hand auf seine Schulter und sagte: »Meinetwegen können wir die Suche auch abbrechen. Es bringt nichts, wenn wir hier wie aufgescheuchte Hühner herumlaufen. Wenn Knapp weiterhin verschwunden bleibt, müssen wir eine systematische Suche einleiten – und das kann nicht ohne Verstärkung vom Festland funktionieren.«

»Der Chef wird begeistert sein«, meinte ihr Kollege mit einem süßsauren Lächeln. Er stand auf, wobei er mit dem Fuß einen Gegenstand berührte. Enno bückte sich – und hob eine Geldbörse auf.

»Schau an – was haben wir denn hier?«, sagte er und öffnete sie. Das Portemonnaie enthielt außer ungefähr fünfzig Euro in bar auch die Quittung für den Gästebeitrag, ausgestellt für Konrad Dressler.

»Dann können wir heute zumindest einen Urlauber glücklich machen«, erwiderte Mona. Bevor sie noch mehr sagen konnte, klingelte ihr Smartphone. Grietje war am Apparat: »Wo steckt ihr denn? Hier ist ein gewisser Jörn Warringa. Er sagt, dass er sich auf der Dienststelle bei euch melden soll – aber ihr glänzt durch Abwesenheit!«

Kapitel 6

»Du kannst ihm schon mal einen Tee kochen, wir kommen gleich«, erwiderte Mona.

»Ich bin doch nicht euer Dienstmädchen«, antwortete Grietje und legte auf. Trotz dieser flapsigen Abfuhr war die Kommissarin sicher, dass ihre junge Kollegin Warringa mit dem größten Vergnügen bewirten würde. Als echte Inselfriesin ließ sie sich keine Gelegenheit entgehen, eine Kanne mit der starken Assam-Mischung aufzusetzen. Die Kommissarin berichtete ihrem Kollegen, was sie gerade erfahren hatte. Enno wischte sich den Schweiß von der Stirn und sagte: »Aafke wird also ihrem Sohn ausgerichtet haben, dass er sich hier melden soll. Ich bin gespannt, was Jörn uns mitteilen wird. Entweder hat er mit Knapps Verschwinden und dem Blut am Gartenzaun wirklich nichts zu tun – oder er kommt sich besonders raffiniert vor, weil er bei der Polizei erscheint und die Unschuld vom Land spielt.«

Mona nickte. Sie wusste noch nicht recht, was sie über Warringa denken sollte. Die beiden kehrten zu ihrem Auto zurück, fuhren los und erreichten innerhalb weniger Minuten die Wache. Der vorherige Fußweg vom Aussichtspavillon zur Waterdelle war allerdings etwas zeitaufwendiger gewesen. So kam es, dass in der Zwischenzeit Warringa und Grietje bei einer Tasse Tee munter miteinander plauderten, wobei die Polizeimeisterin vermutlich den größten Teil der Redezeit für sich beanspruchte. Die beiden saßen nebeneinander auf der Holzbank im Wartebereich des Wachlokals, als ob sie einander schon seit einer halben Ewigkeit kennen würden. Die Chemie zwischen ihnen stimmte offensichtlich.

»Stören wir?«, fragte Mona, nachdem sie und Enno die Polizeistation betreten hatten.

»Ich habe euren Gast nur unterhalten, bevor ihr euch endlich hierherbequemt habt«, rechtfertigte Grietje sich und blickte anklagend auf ihre Armbanduhr.

»Ich hab Arbeit für dich mitgebracht«, verkündete Enno und gab ihr die gefundene Geldbörse.

Die sommersprossige Polizistin rollte mit den Augen: »Zu gütig! - Wir sollten uns bei Gelegenheit weiter unterhalten, Jörn. Du bleibst ja jetzt auf Borkum, oder?«

Warringa nickte lächelnd. Ob die quirlige Grietje ihm gefiel? Jedenfalls wirkte er auf Mona keineswegs nervös, obwohl dies noch kein Beweis für seine Unschuld war. Sie hatte während ihrer Jahre als Kriminalistin schon manche hartgesottenen Kriminellen erlebt, die im Verhör die Ruhe selbst waren, ihre Schuld leugneten und nur aufgrund wasserdichter Beweise überführt werden konnten. Die Kommissarin machte eine einladende Handbewegung: »Folge uns bitte, es gibt einiges zu besprechen.«

Die Ermittler nahmen Warringa mit in ihr Dienstzimmer. Er durfte auf Monas Besucherstuhl Platz nehmen. Sie kam sofort zur Sache: »Knapp ist verschwunden. In seiner Frühstückspension befindet er sich nicht, sein Handy ist aus. Wo könnte er sein, Jörn?«

»Ihr glaubt, dass ich etwas damit zu tun habe?«

»So abwegig ist dieser Gedanke nicht«, sagte Enno. »Wahrscheinlich hat Knapp bei deiner Mutter ein Fenster eingeworfen. Ich an deiner Stelle wäre stinksauer auf ihn. «

Warringa hob die Schultern, er wirkte nach wie vor gleichmütig: »Ich verstehe, dass euer Verdacht auf mich fällt. Aber ich habe damit nichts zu tun.«

»Wo hast du dich denn während der vergangenen Stunden aufgehalten?«, wollte Mona wissen. Er antwortete: »Ich bin hoch zum Ostland gewandert. Der tägliche Hofgang im Gefängnis war mir zu wenig. Seit der Untersuchungshaft kann ich mich nicht mehr so gut zwischen Mauern aufhalten. Und dort oben ist es so schön einsam und menschenleer, das mag ich.«

Von Aafkes Haus bis zum Ostland benötigte man zu Fuß ungefähr eine Stunde.

»Hat dich jemand bei deinem Spaziergang gesehen?«, fragte Mona. Warringa zögerte, er schien nachzudenken: »Ja, ich habe einen Mann getroffen. Wahrscheinlich ist er ein Urlauber, jedenfalls schien er sich auf der Insel nicht auszukennen. Er fragte mich, wo die Musikkuppel wäre. Und die kennt auf Borkum doch jeder, nicht wahr? Ich sagte ihm, er solle hinunter zum Strand gehen und sich dann Richtung Westen halten, dann würde er den Bau früher oder später erblicken.«

»Und wenn er Glück hat, tritt gerade dann eine Band oder ein Solo-Interpret dort auf«, fügte Enno schmunzelnd hinzu. Dann wurde der Oberkommissar wieder ernst: »Kannst du diesen Mann beschreiben?«

Warringa antwortete: »Er sah ganz normal aus: mittelgroß, dunkelblond, Freizeitkleidung. Länger als eine oder zwei Minuten habe ich nicht mit ihm gesprochen.«

Diese Aussage entlastete den Verdächtigen keineswegs, das musste ihm selbst klar sein. Warringa konnte vor oder nach der Begegnung mit dem Feriengast Knapp attackiert haben. Er fügte hinzu: »Wenn ich gewusst hätte, dass ich ein Alibi brauche, dann wäre ich zur Promenade gegangen und hätte mich in ein gut besuchtes Lokal gesetzt. Oder ich wäre gleich hierhergekommen, um mich mit eurer jungen Kollegin zu unterhalten.«

Der letzte Halbsatz ließ Mona aufhorchen. Sie erwartete nicht, dass Warringa als mutmaßlicher Witwer jahrelang keinen Blick mehr für andere Frauen hatte. Und Grietje übte mit ihrer kessen und sprunghaften Art auf manche Männer durchaus eine gewisse Anziehungskraft aus. Ganz abgesehen davon – Warringa war monatelang hinter Gittern gewesen, eine gewisse Sehnsucht nach weiblicher Gesellschaft schien der Kriminalistin durchaus verständlich zu sein. Aber trotzdem – dafür, dass seine Ehefrau einem Verbrechen zum Opfer gefallen war, schien Warringa ein wenig zu schnell Interesse an einer neuen Freundin zu entwickeln. Oder? Die Ermittlerin nahm sich vor, später mit Enno unter vier Augen über diesen Punkt zu sprechen.

»Du weißt also nicht, wo Knapp sich momentan aufhalten könnte?«, vergewisserte sich der Oberkommissar.

»Leider nicht, Enno. Wenn ich eine Idee hätte, würde ich es euch sagen – allein schon, damit ich entlastet werde«, beteuerte Warringa.

»Gut, vielen Dank für deine Mithilfe. Falls wir noch weitere Fragen haben, wissen wir ja, wo wir dich finden.«

Mit diesen Worten verabschiedete Enno Warringa. Nachdem er den Raum verlassen hatte, rief Mona bei Jessica Liebig an: »Moin, ich wollte mal nachfragen, ob Ihr Freund sich inzwischen bei Ihnen gemeldet hat ...«

»Nein, hat er nicht!«, rief sie. Ihre Stimme klang hysterisch, als sie hinzufügte: »Was tun Sie eigentlich die ganze Zeit? Falls Oliver etwas zugestoßen ist, dann mache ich Sie persönlich dafür verantwortlich!«

Ich habe ihn jedenfalls nicht angerührt, dachte Mona. Sie beherrschte sich und sagte: »Wir arbeiten mit Hochdruck daran, Oliver Knapp zu finden.«

»Bestimmt unternehmen Sie überhaupt nichts – genau wie die Hamburger Justiz, die einen Mörder auf freien Fuß gesetzt hat!«

Mit diesen Worten beendete Jessica Liebig das Telefonat. Mona war ohnehin nicht erpicht darauf, weiter mit dieser Frau zu sprechen. Es war offensichtlich, dass sie ihr Urteil bereits gefällt hatte und es nicht ändern würde.

»Unerfreuliches Gespräch?«, hakte Enno nach.

»Ja, wie ich vermutet hatte«, gab sie zurück.

»Dann sollten wir uns auf das nächste Wortgefecht einstellen, denn wir werden jetzt Oltbeck um Unterstützung bitten müssen«, seufzte der Oberkommissar.

»Ich kann es kaum erwarten«, witzelte die Kriminalistin düster. Doch bevor sie sich zusammen mit ihrem Kollegen in die »Höhle des Löwen« begab, rief sie bei der Telefongesellschaft des Vermissten an und bat um die Einzelverbindungsnachweise seines Anschlusses. Zunächst versuchte man, sie mit dem Hinweis auf Datenschutz abzuwimmeln. Sie versicherte: »Wie Sie wünschen. Wenn ich die Unterlagen nicht heute bis zum Feierabend erhalte, hole ich sie mir mit einer richterlichen Anordnung.«

Sie legte den Hörer auf.

»Glaubst du, dass ein Richter bei einem simplen Vermisstenfall einen Beschluss unterschreibt?«, fragte Enno skeptisch. Sie zuckte mit den Schultern: »Wahrscheinlich nicht, aber das wird dieser Mensch, mit dem ich geredet habe, hoffentlich nicht wissen.«

»Du bist mit allen Wassern gewaschen, Mona.«

»Von wem ich das wohl gelernt habe«, gab sie augenzwinkernd zurück. Die beiden gingen zum Chefbüro und berichteten von Knapps Verschwinden. Als Enno die Notwendigkeit einer Suchaktion mit Unterstützung der Bereitschaftspolizei erwähnte, warf Oltbeck ihm einen empörten Blick zu: »Das nenne ich nun wirklich mit Kanonen auf Spatzen schießen, Herr Moll! Es gibt noch keinen konkreten Hinweis auf ein Verbrechen, und Sie ...«

Mona fiel ihm ins Wort: »Wenn man von dem Blut am Gartenzaun absieht.«

Ihr hätte eigentlich bewusst sein müssen, dass ihr Vorgesetzter nicht gern unterbrochen wurde. Entsprechend harsch erfolgte seine Reaktion: »Muss ich Ihnen wirklich verdeutlichen, dass es dafür ganz harmlose Gründe geben kann, Frau Sander? Sie sind doch sonst so fantasiebegabt. Beispielsweise kann sich jemand an den Holzsplittern des Zauns verletzt haben. - Ich halte es jedenfalls nicht für vertretbar, bei dieser Sachlage eine Hundertschaft vom Festland anzufordern.«

»Sie wollen sich ja nur nicht blamieren!«, warf die Kommissarin dem Chef vor. Sie wusste selbst nicht, was sie von Knapps Verschwinden halten sollte. War er wirklich einem Verbrechen zum Opfer gefallen? Oder verfolgte er einen perfiden Plan, um Warringa erneut einer kriminellen Tat bezichtigen zu können? Wenn er nun sein eigenes Blut an den Zaun geschmiert hatte? Doch auch in dem Fall würde Knapp irgendwann wieder auftauchen müssen, um seine Lügengeschichte an den Mann zu bringen. Oder hatte er zu diesem Zweck seine Freundin Jessica vom Festland kommen lassen? Bevor Mona diese Gedanken weiter verfolgen konnte, wurde die Tür aufgerissen. Grietje stürmte herein. Dem Dienststellenleiter quollen beinahe die Augen aus dem Schädel.

»Sie werden wohl nie lernen, dass man vor dem Eintreten anklopft, Frau Smit?«, wütete Oltbeck.

»In den Dünen ist eine Leiche gefunden worden«, entgegnete die Polizeimeisterin.

Kapitel 7

Mona erhob sich von dem Besucherstuhl, auf dem sie gesessen hatte: »Falls es sich bei dem Toten um Oliver Knapp handelt, dürfte sich die Suchaktion wohl erübrigt haben.«

Die unerwartete Todesnachricht nahm dem Chef ein wenig den Wind aus den Segeln.

»Dann bearbeiten Sie beide bitte umgehend diesen Fall, vielleicht liegt ja gar kein Fremdverschulden vor«, murmelte Oltbeck. »Ich erwarte zeitnah einen ersten Bericht.«

Die Kommissarin hätte am liebsten salutiert, aber sie wollte den Bogen nicht überspannen. Sie verließ zusammen mit Enno und Grietje das Chefbüro.

»Wo genau befindet sich der Tote?«, wollte sie von der jungen Kollegin wissen.

»Im Naturschutzgebiet, ungefähr fünfhundert Meter vom *Dünenbudje* entfernt«, lautete die Antwort. »Die Meldung kam von Claas und Aiske, sie sind gerade auf Fahrradpatrouille unterwegs. Der Arzt ist bereits angefordert.«

Das *Dünenbudje* war ein beliebter rustikaler Treffpunkt oberhalb des FKK-Strandes. Dort gab es Speisen und Getränke im Innen- und Außenbereich – zwischen Dünen gelegen und mit Blick auf die Nordsee zur einen und auf die Landschaft auf der anderen Seite. Die Kommissarin bedankte sich für die Information. Bevor sie das Gebäude verließ, gab sie Grietje die Probe vom Gartenzaun: »Leitest du die Blutprobe bitte an die Kriminaltechnik weiter?«

»Wird gemacht«, gab die Polizistin zurück und verzichtete ausnahmsweise auf einen launigen Kommentar. Die Ermittler stiegen in ihren Dienstwagen. Enno startete den Motor und fuhr auf die Hindenburgstraße. Später mussten sie auf die Ostfriesenstraße abbiegen und den Rest des Wegs zum Leichenfundort zu Fuß hinter sich bringen. Nachdem sie einige Minuten lang im Auto gesessen hatten, brach Mona das Schweigen: »Warum musste dieser Unglücksrabe Knapp unbedingt nach Borkum kommen? Hat es ihm nicht gereicht, Jörn im Internet mit Dreck zu bewerfen?«

»Du gehst also davon aus, dass es sich bei dem Toten um diesen Krimiblogger handelt?«

»Hast du eine andere Theorie, Enno? Er ist verschwunden, man kann ihn nicht erreichen, und an Aafkes Gartenzaun haben wir Blut gefunden!«

»Wobei wir noch nicht wissen, ob es von ihm stammt«, schränkte der erfahrene Kriminalist ein. »Wir sollten uns nicht festlegen, bevor wir nicht zumindest einen Blick auf die Leiche geworfen haben.«

»Du hast ja recht«, gab Mona seufzend zu und fuhr fort: »Falls es Knapp erwischt hat, dann wird es verdammt eng für Warringa. Ein überzeugendes Alibi kann er uns jedenfalls nicht präsentieren – ein Mordmotiv hingegen schon.«

»Es wird nichts so heiß gegessen, wie es gekocht wird«, erwiderte Enno mit seiner üblichen Zuversicht.

Mit dem Auto benötigte man von der Polizeiwache bis zum Parkplatz beim Denkmal für General Emmich ungefähr zehn Minuten. Der Oberkommissar stellte den Wagen dort ab. Dann machten er und seine Kollegin sich auf den Weg quer durch das Naturschutzgebiet. Sie mussten eine weitere Viertelstunde lang laufen, bis sie die beiden Polizisten in Fahrraduniform erblickten. Claas Lammer hatte offenbar beim *Dünenbudje* eine Plane geliehen, um die Leiche provisorisch abzudecken. Damit war er gerade beschäftigt, als die Kriminalisten eintrafen. Sie begrüßten ihn und Aiske Berend mit Handschlag. Die Beamtin in der Fahrraduniform berichtete: »Wie ihr seht, ist die Leiche vom Weg aus nicht sofort zu entdecken. Wir haben sie gefunden, weil Claas auf dem Pfad Flaschenscherben gefunden hat. Wir wollten sie sofort entsorgen und haben den Bereich links und rechts davon nach weiterem Müll abgesucht, damit sich keine Tiere daran verletzen können.«

Mona nickte. Im Naturschutzgebiet durfte man die gekennzeichneten Wege eigentlich nicht verlassen, damit Flora und Fauna ungestört blieben. Leider hielten sich längst nicht alle Besucher daran. Aiske Berend fuhr fort: »Als wir feststellten, dass der Mann tot ist, haben wir umgehend die Dienststelle verständigt.«

Also wissen wir schon mal, dass es keine Frau sein kann, dachte die Kommissarin. Sie musste sich jetzt endlich Gewissheit verschaffen und hob die Plane an einer Ecke an. Sie presste die Lippen aufeinander, denn wie schon befürchtet, lag Oliver Knapp tot vor ihr. Er trug dieselbe Kleidung wie bei ihrer kurzen Begegnung am Strand. Nun steckte sein Oberkörper allerdings in dem T-Shirt, das ihm im Sand als Sitzunterlage gedient hatte. Seine Bauchtasche fehlte hingegen.

Darüber wunderte Mona sich nicht. Vermutlich hatte der Mörder sie mitgenommen, weil sich darin Hinweise auf die Tat befanden – oder es handelte sich um ein Raubdelikt mit Todesfolge, obwohl ihr diese Möglichkeit ziemlich unwahrscheinlich vorkam.

Doch wir sollten keine Variante von vornherein ausschließen, dachte die Ermittlerin, wobei ihr die Worte ihres erfahrenen Kollegen durch den Kopf gingen: »Wir sollten uns nicht festlegen, bevor wir nicht zumindest einen Blick auf die Leiche geworfen haben.«

Enno schaute ihr nun über die Schulter.

»Ich sehe auf Anhieb zwei Verletzungen«, stellte er fest. »Am Hinterkopf und am Hals.«

Der Tote lag auf der linken Seite, so dass sein Schädel im Profil erkennbar war. Knapps Kehle war durchtrennt worden, der Sand unter ihm war daher mit viel Blut getränkt.

»Die Wunde am Hinterkopf hatte ich noch gar nicht bemerkt«, musste Mona zugeben, »du hingegen schon – und dabei hast du deine Brille noch gar nicht aufgesetzt.«

»Das muss wohl an der Altersweitsichtigkeit liegen«, meinte der Ostfriese trocken. Nun traf auch der Mediziner ein, der angefordert worden war. Dr. Siemers nickte den Anwesenden zu und begann mit der Untersuchung des Leichnams. Mona und Enno gingen ein Stück weit beiseite, damit er ungestört arbeiten konnte. Die Kommissarin wandte sich an die uniformierten Kollegen: »Habt ihr in der Nähe Personen bemerkt? Irgendjemand muss die Flasche ja zerbrochen haben.«

»Ich dachte erst, dass es sich um die Tatwaffe handeln könnte«, meinte der junge Polizist, »aber dann müssten doch Blutspuren an den Scherben sein, oder?«

Enno sagte: »Du könntest trotzdem recht haben, zumindest teilweise. Die Verletzung am Hinterkopf ist nicht so groß, vielleicht hat sie nur wenig geblutet. Trotzdem kann die Flasche bei der Attacke entzweigegangen sein. Für die andere Wunde wurde dann ein Messer ...«

Der Oberkommissar verstummte, denn nun kam ein Paar in Freizeitkleidung aus Richtung Flugplatz. Sie machten große Augen, als sie die uniformierten Polizisten sahen. Enno stellte sich so auf, dass er mit seiner massigen Gestalt den Blick auf die Leiche und den untersuchenden Arzt versperrte, jedenfalls so gut wie möglich.

»Was ist denn hier los?«, fragte der Mann. Er sprach mit einem leichten Kölschen Akzent.

Wenn er mit seinem Smartphone zu filmen beginnt, sehe ich rot, dachte Mona. Sie sagte: »Die Polizei hat mich mit einem nicht verkehrssicheren Fahrrad erwischt. Nichts, worauf ich stolz bin. Und mein Vater muss die Strafe für mich zahlen.«

Sie zeigte auf Enno. Der Kölner und dessen Gattin schienen nicht sicher zu sein, ob sie die Geschichte glauben sollten, aber immerhin lagen ja die Räder der Polizisten am Wegesrand. Daher setzten sie kopfschüttelnd ihren Weg fort. Als sie außer Hörweite waren, meinte der Oberkommissar: »Ich finde es immer wieder verblüffend, was für Räuberpistolen du dir aus den Fingern saugen kannst.«

Sie zuckte mit den Schultern: »Immer noch besser, als wenn nachher im Internet Fotos von dem Toten kursieren, oder? Die Gerüchteküche wird auf der Insel noch früh genug zu brodeln beginnen.«

»Da kann ich dir leider nicht widersprechen«, erwiderte er. Wenig später hatte Dr. Siemers die Untersuchung beendet und kam zu den Kommissaren: »Der Mann ist eindeutig durch den Schnitt ums Leben gekommen. Ihm wurde mit einem Messer, einem Sägebajonett oder einem vergleichbaren Gegenstand die Kehle durchtrennt. Die Platzwunde am Kopf wurde ihm gleichzeitig oder kurz vorher zugefügt, war aber nicht tödlich.«

»Wann ist der Tod eingetreten?«, wollte Mona wissen.

»Das kann noch nicht lange her sein, vielleicht zwischen zwölf und ein Uhr am heutigen Tag.«

Kurz nachdem ich Knapp zur Rede gestellt habe, dachte die Kommissarin. Und sie führte sich vor Augen, dass Warringa für diesen Zeitraum kein Alibi hatte – abgesehen von dem kurzen Moment, als er angeblich einem Unbekannten den Weg zur Musikkuppel erklärt hatte. Der Mediziner stellte einen vorläufigen Totenschein aus und drückte ihn Enno in die Hand: »Genauere Informationen können Sie nach der Obduktion erwarten.«

Mit diesen Worten kehrte er zu seinem Auto zurück, das er vermutlich ebenfalls an der Ostfriesenstraße geparkt hatte. Mona nahm telefonisch mit dem Bestatter Kontakt auf, der für den Transport des Toten sorgen sollte. Knapps Körper musste ins gerichtsmedizinische Institut Oldenburg geschafft werden, da auf der Insel keine Leichenöffnung vorgenommen werden konnte. Außerdem rief sie beim Hamburger Polizeipräsidium an. Aus Knapps Blog ging hervor, dass er aus der Hansestadt stammte. Sie informierte ihre Kollegen über den gewaltsamen Tod des jungen Mannes und bat darum, dass ein Beamter Knapps Eltern persönlich die traurige Nachricht überbrachte. Dies war gegenüber einem Anruf immer noch das kleinere Übel für die Angehörigen. Dann schauten sich die Kommissarin und ihr Kollege in der unmittelbaren Umgebung genauer um. Einiges sprach dafür, dass der Fundort mit dem Tatort identisch war. Mona hoffte, die Mordwaffe zu finden, aber die Suche brachte kein Ergebnis.

Enno dachte laut nach: »Der Sand ist zu trocken, prägnante Fußspuren können wir dort unmöglich sichern. Ich stelle mir vor, dass Knapp verfolgt wurde, vielleicht schon von Aafkes Haus bis hierher. Er könnte sich dort die erste Verletzung zugezogen haben, wodurch sich das Blut am Hinterkopf erklären lässt. Aber zunächst gelang ihm die Flucht. Er wurde hierher verfolgt, wo der Täter ihn einholte und ihn umbrachte.«

Die Kriminalistin war skeptisch: »Ja, so könnte es sich abgespielt haben. Als ich jedoch Knapp verfolgt habe, war er ziemlich außer Atem, obwohl die Distanz zwischen dem Haus der Warringas und dem Strand ziemlich gering ist.«

»Du meinst, Knapp hätte es von der Kondition her nicht bis hier geschafft?«

»Vom Haus bis zu dem Punkt, wo wir gerade stehen, sind es grob geschätzt fast zwei Kilometer, Enno. Und falls Warringa ihn verfolgt hat, hätte dieser sportliche Kerl den Krimiblogger schon viel früher einholen müssen – vor allem, wenn er ihm vorher so nahe gekommen ist, dass er ihm eine blutige Kopfnuss verpassen konnte.«

Der Ostfriese stellte fest: »Du hältst also Jörn für den Täter?«

»Das habe ich nicht gesagt! Aber beim momentanen Stand der Dinge ist er unser einziger Verdächtiger.«

Diese Vorstellung behagte Mona selbst nicht. Aber sie konnte nicht die Augen vor der Wirklichkeit verschließen, nur weil sie Warringa sympathisch fand. Enno nickte langsam und murmelte nachdenklich: »Ja, dein Einwand ist plausibel. Andererseits könnte Knapp aufgrund der Kopfverletzung von einer Mischung aus Todesangst und Adrenalin auf eine Art und Weise vorwärtsgetrieben worden sein, die er in seinem Normalzustand nie erreicht hätte. Es gibt genügend Berichte über Verletzte nach Unfällen oder Katastrophen, die in solchen Ausnahmesituationen über sich selbst hinauswachsen.«

»Auf jeden Fall werden wir dringend noch einmal mit Jörn sprechen müssen«, erwiderte seine Kollegin. Ihr Smartphone klingelte. Der Mann, den sie verdächtigen, war am Apparat: »Mona, ich brauche dringend eure Hilfe. Christins angebliche Freundin Jessica Liebig will in das Haus meiner Mutter eindringen und führt sich wie eine Verrückte auf!«

Kapitel 8

»Wir sind in ein paar Minuten bei dir!«

Mit diesen Worten beendete Mona das Telefonat. Sie teilte Enno und den uniformierten Kollegen kurz mit, was sie soeben erfahren hatte. Aiske und Claas mussten ohnehin bei der Leiche warten, bis der Bestatter und dessen Assistent erschienen. Die Kommissare eilten so schnell wie möglich zu ihrem Auto zurück.

»Jessica Liebig dreht jetzt schon durch«, rief die Ermittlerin. »Wenn sie erst erfährt, dass ihr Freund nicht mehr lebt, dann sehe ich schwarz!«

»Ich bin zwar normalerweise bei uns für den Optimismus zuständig, aber diesmal kann ich die Lage leider nicht beschönigen«, erwiderte der Oberkommissar schnaufend. Er gab sich alle Mühe, mit seiner jungen Kollegin Schritt zu halten. Endlich hatten sie ihr Auto erreicht und rasten zur Waterdelle, wobei sie Blaulicht und Sirene einsetzten. Warringa hatte nicht übertrieben. Als der Wagen in die Straße einbog, sahen die Kriminalisten schon von weitem, dass Jessica Liebig mit beiden Fäusten gegen die Vordertür trommelte. Diese war zum Glück sehr massiv. Enno hatte das Fahrzeug kaum zum Stehen gebracht, als Mona auch schon die Beifahrertür aufriss, heraussprang und auf Knapps Freundin zu stürmte: »Hören Sie bitte sofort mit dem Unsinn auf!«

Jessica Liebig hielt inne und drehte den Kopf abrupt in Richtung der Kommissarin: »Dann handeln Sie gefälligst endlich! Ich muss erfahren, was mit Oliver geschehen ist!«

Mona atmete einmal tief durch, bevor sie erneut den Mund öffnete.

»Wir haben Ihren Freund gefunden.«

»Warum haben Sie das nicht gleich gesagt?«, fragte Jessica Liebig. Ohne eine Antwort abzuwarten, fügte sie hinzu: »Ich muss sofort zu ihm.«

»Leider lebt er nicht mehr, wir gehen von einem Gewaltverbrechen aus. Es tut mir leid ...«

Die Kriminalistin verstummte, denn Jessica Liebig ging nun weinend in die Knie. Mona kannte leider kein Patentrezept, um eine Todesnachricht zu überbringen. Es gab wenig, was man an einer solchen Hiobsbotschaft beschönigen konnte. In Knapps Fall hätte sie noch nicht einmal behaupten können, dass er friedlich eingeschlafen sei. Das konnte man wohl kaum von einem Opfer sagen, dessen Kehle durchtrennt wurde. Auch Enno war nun ausgestiegen. Er näherte sich der Trauernden vorsichtig und beugte sich zu ihr hinab: »Ich bringe Sie weg von hier. Sie sind völlig außer sich, ein Arzt sollte Sie kurz untersuchen. Und ich könnte mir vorstellen, dass Sie Ihren Freund noch einmal sehen wollen.«

»Sie … Sie ...«, begann Jessica Liebig mit brüchiger Stimme. Doch dem Oberkommissar gelang es durch seine zugewandte Art, sie zumindest ein wenig zu beruhigen. Er half ihr vom Boden auf, hakte sie unter und führte sie zum Auto. Er schaute über ihren Kopf hinweg in Monas Richtung und machte mit der freien Hand die Geste mit der Bedeutung: *Wir telefonieren so bald wie möglich!*

Die Kommissarin wartete, bis das Auto außer Sichtweite war. Sie ging davon aus, dass Jörn und Aafke Warringa durch das Fenster die Szene beobachtet hatten. Jedenfalls konnte sie hören, wie ein Riegel zurückgezogen, ein Schlüssel im Schloss gedreht und die Tür geöffnet wurde.

»Ich habe gehört, was du zu ihr gesagt hast«, erklärte Warringa, »ich bin es nicht gewesen.«

»Darf ich hereinkommen?«, fragte Mona. Er nickte und gab die Tür frei. Seine Mutter stand ebenfalls in der Diele. Sie wirkte nicht sonderlich aufgeregt, aber diesen Gleichmut hatte sie ja schon bei dem Steinwurf bewiesen. Die drei gingen in die »gute Stube«, wo sie alle Platz nahmen. Die Kommissarin beschloss, den Stier bei den Hörnern zu packen: »Es sieht nicht gut für dich aus, Jörn. Knapps Kehle wurde zwischen zwölf und ein Uhr mittags durchgeschnitten, und du hast für diesen Zeitraum kein Alibi. Es besteht nach wie vor der Verdacht, dass dieser Krimiblogger euer Fenster zerstört hat, von seinen Anfeindungen im Internet mal ganz abgesehen. Du verstehst, dass dies für die Staatsanwaltschaft eine erstklassige Motivlage darstellt?«

»In den Fernsehkrimis müssen auf der Mordwaffe immer die Fingerabdrücke des Täters nachgewiesen werden«, sagte Aafke, bevor ihr Sohn etwas entgegnen konnte. Er hatte ja bereits an der Tür seine Unschuld beteuert, aber dadurch war er noch nicht aus dem Schneider.

»Das ist grundsätzlich richtig«, erwiderte Mona, »aber entscheidend ist immer die Kombination aus Motiv und Gelegenheit. Es hat auch schon Mordprozesse gegeben, bei denen ohne Vorhandensein der Mordwaffe dem Schuldigen die Tat nachgewiesen werden konnte.«

»Manchmal werden auch Unschuldige vor Gericht gestellt«, stellte Aafke fest und schaute der Kommissarin direkt in die Augen. Die

Ermittlerin hielt ihrem Blick stand. Sie hatte nicht vor, sich von ihrem aktuellen Fall abbringen zu lassen: »Falls du auf das Hamburger Gerichtsverfahren gegen deinen Sohn anspielst – damit war ich nicht beschäftigt. Außerdem wurde er ja freigesprochen, wie wir alle wissen.«

»Aber nur aus Mangel an Beweisen«, gab Jörn zu bedenken. Mona schüttelte den Kopf: »Es gibt keinen Freispruch erster oder zweiter Klasse, auch wenn einige Leute anderer Meinung sind. Solange du von einem ordentlichen Gericht freigesprochen wurdest, bist du in meinen Augen auch unschuldig – was den Mord an deiner Frau angeht. Was Knapp betrifft, so sieht die Sache etwas anders aus. Enno und ich haben nämlich vorhin Blutspuren an eurem Gartenzaun gesichert. Ich werde sie mit dem Blut von Knapp vergleichen lassen.«

Warringa wirkte überrascht. Oder war er einfach nur ein guter Schauspieler? Er versicherte: »Ich habe Knapp nicht verletzt. Bist du sicher, dass es sich um Menschenblut handelt? Vielleicht hat sich ein Kaninchen an einem Holzsplitter das Fell aufgeschnitten. Mama sagt, dass wir dieses Jahr viele von den Nagern auf der Insel haben.«

»Das kriminaltechnische Labor wird zweifelsfrei nachweisen können, ob es sich um Tierblut handelt«, erklärte die Ermittlerin.

Nun wandte sich Aafke an Mona: »Den Aufwand könnt ihr euch sparen. Ja, das Blut am Zaun wird von diesem Bengel Knapp stammen. Aber Jörn ist auch in diesem Fall unschuldig – ich war es, die ihm eins übergezogen hat!«

*

Die Kommissarin benötigte einen Moment, um diese Information zu verdauen. Natürlich musste sie damit rechnen, dass die Mutter ihren Sohn einfach nur in Schutz nehmen und daher die Schuld auf sich nehmen wollte.

»Erzähle mir bitte, wie es dazu kam, Aafke.«

Die Seniorin berichtete: »Nachdem du und Enno fortgefahren wart, tigerte Jörn wie ein gefangenes Tier durch das Haus. Er machte mich ganz nervös, und ich war erleichtert, als er zu einem Spaziergang aufbrach. Wenn er an der frischen Luft ist und die Weite des Strandes oder der Dünen vor sich hat, kommt er schnell wieder zu sich. Das war schon immer so, er ist kein Stubenhocker. Ich räumte im Haus noch ein wenig auf, als ich plötzlich ein Geräusch hörte. Es war ja möglich, dass der Steinwerfer zurückgekehrt war. Erst wollte ich bei der Polizei anrufen, aber dann beschloss ich, lieber selbst nachzusehen. Es hätte ja ein paar Minuten gedauert, bis ihr hier gewesen wärt. Also nahm ich mir einen Fleischklopfer aus der Besteckschublade und ging hinter das Haus. Und da sah ich diesen Kerl, der gerade über den Zaun steigen wollte!«

»Kannst du mir die Person beschreiben?«, bat die Kriminalistin.

»Ja, natürlich«, erwiderte Aafke Warringa. »Der Mann war dunkelhaarig, schlank, trug ein blaues T-Shirt und kurze Hosen. Und er hatte ein Smartphone in der Hand, wollte mein Haus wahrscheinlich fotografieren oder filmen.«

»Was geschah dann?«, fragte Mona.

»Ich rief ihm zu, dass er sich von meinem Grund und Boden fernbleiben sollte. Aber er lachte mich nur aus.«

Dieses Verhalten passte gut zu Knapp, wie die Kommissarin fand. So hatte sie ihn während der einzigen Begegnung mit ihm erlebt: frech und respektlos. Aafke fuhr fort: »Immerhin versuchte er nicht mehr, in den Garten zu gelangen. Stattdessen wollte er von mir wissen, wie ich mich als Mutter eines Mörders fühlen würde. Da wurde ich richtig sauer. Du kennst mich, ich bin nicht so leicht aus der Ruhe zu bringen. Vielleicht glaubte er ja, sich einer alten Frau gegenüber alles herausnehmen zu können. Oder er sah nicht, dass ich einen Fleischklopfer in der Hand hatte. Jedenfalls schlug ich ihn damit. Er ging zu Boden und streifte dabei einen der Holzpfähle. Kann sein, dass das Blut so an den Zaun gekommen ist.«

Warringa wirkte beunruhigt: »Das hätte für dich böse ausgehen können, Mama!«

Aafke machte eine wegwerfende Handbewegung: »Blödsinn, Jörn! Du glaubst doch nicht, dass ich mich vor so einem jungen Großmaul fürchte? Ich musste ja auch nur einmal zuschlagen, dann lief er auch schon davon, Richtung Dünen.«

»Es wäre möglich, dass in Wirklichkeit dein Sohn Knapp verletzt hat und du für ihn den Kopf hinhältst«, stellte die Kommissarin fest. Warringas Mutter verschränkte die Arme vor der Brust: »Ich bin es gewesen!«

Mona kannte die Sturheit der Inselfriesen. Daher beschloss sie, diesen Punkt für den Moment nicht weiter zu verfolgen. Stattdessen fragte sie: »Kann ich den Fleischklopfer mal sehen?«

Aafke erhob sich aus ihrem Sessel und ging in die Küche. Die Ermittlerin folgte ihr. Die Seniorin zeigte ihr das Gerät.

»Ich kann kein Blut entdecken.«

»Natürlich nicht, Mona!«, gab Aafke empört zurück. »Ich hab den Fleischklopfer sorgfältig abgewaschen, nachdem ich den Kerl geschlagen hatte. Hältst du mich für einen Schmutzfink?«

Mona unterdrückte ein Seufzen. Nachdem nun ohnehin keine Spuren auf dem Gegenstand mehr nachweisbar waren, nahm sie ihn in die Hand. Der Fleischklopfer war aus Metall und wog schwer. Wenn eine der Kanten auf die Kopfhaut traf, war eine offene Wunde durchaus vorstellbar.

»Ich muss das Gerät für eine kriminaltechnische Untersuchung beschlagnahmen«, sagte sie. Warringas Mutter zuckte mit den Schultern: »Das kannst du meinetwegen tun, aber bei meiner Aussage werde ich bleiben. Ich habe den Frechdachs gehauen, niemand anders!«

Die Kommissarin tat den Fleischklopfer in einen Beutel für Beweisstücke und kehrte mit Aafke ins Wohnzimmer zurück. Mona wollte sich mit Enno beraten, sobald es möglich war. Doch zuvor musste sie noch ein Detail klären, das ihr bei Warringas Anruf aufgefallen war: »Jörn, als du uns vorhin alarmiert hat, nanntest du Jessica Liebig die ‚angebliche Freundin' deiner Frau. Wie kommst du zu dieser Einschätzung?«

»Das ist schnell beantwortet, Mona. Während unserer Ehe hat Christin eine Frau mit diesem Namen niemals erwähnt.«

Die Kommissarin runzelte die Stirn: »Wie kam es denn überhaupt dazu, dass Jessica Liebig erst gegen dich ausgesagt hat? Polizei und Staatsanwaltschaft müssen in ihr ja eine brauchbare Belastungszeugin gesehen haben, zumindest am Anfang.«

Warringa erwiderte: »Diese Frage werden dir deine Hamburger Kollegen wohl besser beantworten können als ich. Laut meinem Anwalt haben Christin und Jessica einander bei der Arbeit kennengelernt.«

»Was für einen Job hatte deine Frau?«

»Christin war freiberufliche Visagistin, eine wahre Make-up-Künstlerin«, schwärmte er. »Sie machte Hausbesuche, bekam durch Mundpropaganda immer neue Kundinnen. Genau wie ich liebte sie ihre Freiheit. Ich mag auch keine Festanstellung. Nachdem ich meine Lehre hinter mich gebracht hatte, konnte ich als Stuckateur jede Menge

Aufträge an Land ziehen. Du glaubst nicht, wie viele noble Altbauwohnungen es in Hamburg gibt, deren Besitzer dringend einen Handwerker mit meinen Fähigkeiten brauchen.«

Kam es Mona nur so vor oder versuchte Warringa, unauffällig das Thema zu wechseln? Er schien zwar die beruflichen Qualitäten seiner Frau anzuerkennen, wollte darüber aber scheinbar nicht gern sprechen – vielleicht, weil er nichts davon verstand? Nach Monas Erfahrung interessierten sich viele Männer schlicht und einfach nicht für Kosmetik und Mode. Oder steckte mehr dahinter? Auf jeden Fall ließ sich der Ursprung dieser Frauenfreundschaft schwer überprüfen. Wenn Christin Warringa in einem Betrieb oder einer Behörde beschäftigt gewesen wäre, hätte man das Kollegium befragen können. Doch eine freie Visagistin hatte wohl keine Mitarbeiter. Wie auch immer – es konnte sich lohnen, Jessica Liebig genauer unter die Lupe zu nehmen. Die Kommissarin wandte sich noch einmal an Warringa: »Ich muss dich bitten, dich zu unserer Verfügung zu halten. Enno und ich werden versuchen, den Mord an Knapp so schnell wie möglich aufzuklären.«

»Es wäre gut, wenn sich auch in diesem Fall meine Unschuld nachweisen ließe – und keine Sorge, ich werde die Insel nicht verlassen. Nach Hamburg zieht mich nichts zurück«, versicherte er.

Kapitel 9

Da Enno den Wagen genommen hatte und ihr Fahrrad sich bei der Polizeistation befand, machte Mona sich zu Fuß auf den Rückweg zur Wache. Sie hätte natürlich auch den Bus nehmen können, der aus Richtung Ostland kam und zum Inselbahnhof fuhr. Doch die Linie wurde für ihren Geschmack zu selten bedient. Außerdem brauchte sie Zeit zum Nachdenken. Warum hatte Christin Jessica ihrem Ehemann gegenüber nie erwähnt – vorausgesetzt, Warringas Angaben stimmten? Und aus welchem Grund wollten Knapp und Jessica unbedingt erreichen, dass er für den Mord an seiner Frau zur Verantwortung gezogen wurde – ganz abgesehen davon, dass es keine Leiche gab? Mona hatte eigentlich nicht vorgehabt, sich in den Hamburger Fall intensiver einzuarbeiten. Aber es schien ihr notwendig zu sein, um das Verbrechen im Naturschutzgebiet aufklären zu können. Auf das Verständnis ihres Chefs konnte sie dabei allerdings nicht hoffen. Es war, als ob Warringa sich selbst wie auf einem Silbertablett als einziger Verdächtiger präsentieren wollte – ohne Alibi, dafür aber mit Motiv und Gelegenheit.

Hätte er sich statt eines Spaziergangs nicht in ein Lokal auf der Bismarckstraße setzen können, wo es jede Menge Zeugen gibt?, dachte die Kommissarin verdrossen. Dabei wusste sie selbst, dass eine solche Überlegung Unsinn war. Als sie einige Zeit später ihr Büro betrat, saß Enno dort und trank Tee.

»Ich bin auch gerade erst hereingekommen, wollte dich gerade anrufen«, sagte er.

»Das dürfte sich ja jetzt erledigt haben. - Wo hast du Jessica Liebig gelassen?«

Der Oberkommissar berichtete: »Ich konnte sie davon überzeugen, sich einem Arzt vorzustellen. Dr. Siemers hat ihr ein Beruhigungsmittel verabreicht, danach war sie halbwegs verträglich. In der Zwischenzeit hatte der Bestatter die Leiche geborgen und zum Fährterminal gebracht, damit sie noch heute aufs Festland geschafft wird. Ich sorgte dafür, dass Jessica noch einen Blick auf ihren toten Freund werfen durfte. Sie ist nach wie vor überzeugt davon, dass wir den Mörder verschonen, weil er ein Einheimischer ist. Ich musste mit Engelszungen reden, um sie davon abzuhalten, die Warringas noch einmal zu belästigen.«

»Das sollte sie unterlassen, wenn sie weiß, was gut für sie ist.«

Mit diesen Worten legte Mona den Fleischklopfer auf den Tisch, den sie zuvor hinter ihrem Rücken verborgen hatte. Sie liebte es, ihren Kollegen gelegentlich zu erstaunen. Und das gelang ihr auch diesmal.

»Die Tatwaffe, mit der Knapps Schädel Bekanntschaft gemacht hat?«, hakte er verblüfft nach.

»Exakt«, erwiderte sie und berichtete von Aafkes Aussage. Enno musste schmunzeln: »Ja, eine solche Reaktion traue ich ihr zu. Die Frau wird sich wegen der Körperverletzung natürlich verantworten müssen, aber sie würde in einer ähnlichen Situation gewiss wieder so handeln.«

»Dann glaubst du nicht, dass sie die Schuld ihres Sohns auf sich nimmt?«

»Das ist eine gute Frage, die ich nicht eindeutig beantworten kann. - Du hast doch die Wunde an Knapps Kopf gesehen, sie war eher oberflächlich. Wenn Warringa mit seinen starken Handwerkerhänden diesen Fleischklopfer nimmt und zuschlägt, würde die Verletzung wohl ganz anders aussehen.«

»Er schien ja auch wirklich nichts von dem Blut am Gartenzaun zu wissen«, erwiderte Mona, »also glauben wir Aafke und gehen davon aus, dass sie ihn geschlagen hat. Er haut ab – und wenn Warringa ihm die Kehle nicht durchgeschnitten hat, muss es jemand anders getan haben. Aber wer? Und aus welchem Grund?«

»Knapp betreibt seinen komischen Krimiblog ja schon länger, schätze ich«, gab der Oberkommissar zurück, »wenn er mit der Wahrheit immer so lässig umgeht wie im Fall Warringa, könnte er noch andere Personen verärgert haben. Und Warringa eignet sich hervorragend als Sündenbock, obwohl er in Hamburg freigesprochen wurde. Der wahre Mörder konnte natürlich nicht ahnen, dass Warringa zur Tatzeit ohne Zeugen spazieren gehen würde. Das war sozusagen das Tüpfelchen auf dem i für den Verbrecher.«

»Dann denkst du also nicht, dass Jörn es gewesen ist?«

»Ich heiße ja nicht Oltbeck.«

Mona seufzte: »Erinnere mich nicht an den Chef. Wenn es nach ihm geht, müssten wir Jörn gleich verhaften und so lange befragen, bis er gesteht. Und während wir damit beschäftigt sind, kann sich der Täter in aller Ruhe aus dem Staub machen.«

Die Tür wurde aufgerissen, und Grietje kam herein. Mona wollte ihr eine gepfefferte Ansage geben, aber die Polizistin war in Begleitung eines Herrn in den Sechzigern.

»Moin, hier ist Besuch für Enno«, erklärte sie lapidar und machte auf dem Absatz kehrt.

»Mein Name ist Konrad Dressler«, stellte sich der grauhaarige Mann lächelnd vor. Er war mit einer bequem wirkenden Freizeithose, Sandalen und einem kurzärmligen Hemd bekleidet. Der Ostfriese erhob sich von seinem Bürostuhl und gab ihm die Hand: »Moin, ich bin Oberkommissar Moll, das ist Kommissarin Sander. - Und Sie sind offenbar der Eigentümer der Geldbörse, die in dem Pavillon lag.«

Dressler nickte: »Ja, so ist es. Ich weiß, dass Sie als Beamter keine Geschenke annehmen dürfen. Aber ich wollte es mir nicht nehmen lassen, mich persönlich bei Ihnen zu bedanken. Als Ihre junge Kollegin mich anrief und mir mitteilte, dass meine Geldbörse gefunden wurde, fiel mir ein Stein vom Herzen. Ich dachte erst, dass dieser freundliche junge Mann, bei dem ich mich nach dem Weg zur Musikkuppel erkundigt hatte ...«

Mona horchte auf und fiel ihm ins Wort: »Verzeihen Sie – aber könnten Sie uns diese Person genauer beschreiben?«

Dressler schaute sie überrascht an, dann sagte er: »Er sah so aus, wie ich mir einen typischen Friesen vorstelle.«

Er fügte noch einige Einzelheiten zu Größe, Statur und Kleidung hinzu. Nun gab es für die Kommissarin keinen Zweifel mehr daran, dass Warringa Dressler den Weg gewiesen hatte. Die Begegnung mit einem unbekannten Touristen war also keine Lüge gewesen. Aber dadurch hatte der Verdächtige natürlich noch kein Alibi für den gesamten Zeitraum, in dem Knapp getötet worden sein konnte. Der Urlauber redete weiter: »Ich habe natürlich erst selbst nach meiner Geldbörse gesucht, wurde immer verzweifelter. Da kam mir eine junge Frau entgegen. Ich fragte sie, ob sie mir helfen könne. Aber sie beachtete mich gar nicht und hastete weiter. So etwas Unverschämtes habe ich noch nicht erlebt.«

»Wie sah diese Frau denn aus?«, fragte Mona. Dressler schien sich über ihr Interesse an der Person zu wundern, aber er entgegnete: »Sie ist ungefähr so groß wie ich, hat dunkelblondes schulterlanges Haar. Auf ihre Augenfarbe habe ich nicht geachtet … aber eine Besonderheit ist mir aufgefallen: Am Hals hatte sie ein Muttermal, das an die Form der Insel Rügen erinnerte.«

»Sie sind ein guter Beobachter.«

Das Lob machte Dressler sichtlich verlegen: »Vielen Dank, Frau Sander. Ich habe früher dort wunderschöne Urlaube verbracht, aber nun möchte ich auch andere Reiseziele kennenlernen – darum hat mein Weg mich nach Borkum geführt. Gibt es etwas, das ich über diese unhöfliche Frau wissen sollte?«

»Wahrscheinlich war sie einfach nur in Gedanken«, wiegelte die Kommissarin ab. »In welche Richtung ist sie denn verschwunden?«

»Nach Osten, würde ich sagen … leider kenne ich mich hier nicht so gut aus«, erwiderte der Tourist.

»Sie haben uns trotzdem bei einer Ermittlung weiterhelfen können«, versicherte Mona. »Wir wünschen Ihnen noch einen schönen Aufenthalt auf Borkum!«

Dressler verließ das Büro der Kommissare mit einem stolzen Lächeln auf den Lippen. Sobald sich die Tür hinter ihm geschlossen hatte, wollte Enno wissen: »Was hat es mit diesem Muttermal auf sich?«

»Das frage ich mich auch«, gab Mona zurück, »ich habe dieses Muttermal erst heute gesehen, und zwar auf einem Foto.«

»Und wo?«

Sie ging nicht auf seine Nachfrage ein, sondern sprach weiter: »Kommt es dir nach Dresslers Aussage nicht auch so vor, als ob die Frau Warringa verfolgt hätte? Vielleicht war sie sogar mit ihm verabredet, wer weiß? Das könnte der Grund dafür gewesen sein, dass sie Dressler einfach stehenließ und ihren Weg fortsetzte. - Und die Aufnahme, von der ich sprach, ist Warringas Hochzeitsfoto. Es hängt in Aafkes Wohnzimmer an der Wand, wenn du dich erinnerst!«

Während die Kommissarin sprach, tippte sie auf der Tastatur ihres PCs und winkte Enno zu sich heran. Sie hatte einen Medienbericht über den Mord an Christin Warringa auf den Monitor geholt. Der Name des Opfers war zwar auf Christin W. verkürzt worden, und außerdem hatte man einen schwarzen Balken über ihre Augenpartie gelegt. Aber als Mona das Bild vergrößerte, konnte man das Muttermal am Hals der Frau deutlich erkennen. Der Ostfriese stieß langsam die Luft aus den Lungen und klopfte seiner Kollegin anerkennend auf die Schulter: »Eine lebende Leiche – wer hätte das gedacht! Christin hat also ihren Tod nur vorgetäuscht! Aber warum kommt sie nach Borkum und setzt sich der Gefahr aus, enttarnt zu werden? Zumindest ihr Ehemann und ihre Schwiegermutter würden sie doch sofort wiedererkennen.«

»Jedenfalls wird Jörn nicht mit ihr unter einer Decke stecken«, vermutete Mona, »denn er wäre schließlich beinahe wegen Mordes verurteilt worden. Niemand konnte sicher mit dem Freispruch rechnen – noch nicht einmal, nachdem Jessica Liebig als Belastungszeugin ausfiel. Apropos: Ob die *angebliche Freundin* weiß, dass Christin noch am Leben ist?«

»Dieser Fall wird immer rätselhafter«, stellte der Oberkommissar fest, »aber wir haben schon härtere Nüsse geknackt.«

Mona wollte antworten, als sie plötzliche eine Email erhielt: »Der Mobilfunkanbieter hat geantwortet! Es hat sich wohl gelohnt, ein wenig Druck zu machen.«

Sie öffnete die Nachricht, die mit einem Anhang versehen war. Dieser bestand aus Knapps Einzelverbindungsnachweisen der letzten Tage. Die Ermittler interessierten sich natürlich hauptsächlich für die Nummer, die Knapp kurz nach der Begegnung mit Mona angerufen hatte.

»Das ist der Festnetzanschluss vom *Hotel Heuer*«, meinte Enno, als er die Zahlenfolge erblickte, »wahrscheinlich handelt es sich um die Durchwahlnummer zu einem Zimmer.«

Mona schnellte von ihrem Bürostuhl hoch: »Dann sollten wir dort dringend vorbeischauen!«

»Du nimmst mir das Wort aus dem Mund«, erwiderte ihr Kollege lächelnd. Doch als sie ihr Büro verließen, begegneten sie auf dem Flur ihrem Vorgesetzten. Oltbeck hob die Augenbrauen und warf ihnen einen tadelnden Blick zu: »Wo bleiben Sie denn? Wollten Sie mich nicht über Ihre neuesten Erkenntnisse auf dem Laufenden halten?«

»Das werden wir schon noch tun, aber jetzt müssen wir uns um eine lebende Tote kümmern!«

»Wollen Sie sich über mich lustig machen, Frau Sander?«

Bevor sie antworten konnte, ergriff Enno schnell das Wort: »Wenn wir richtig liegen, dann muss der Hamburger Mordfall, bei dem Jörn Warringa zu Unrecht verdächtigt wurde, komplett neu aufgerollt werden.«

Die Vorstellung, dass Polizisten der kleinen Inselwache den Mordspezialisten in der Metropole neue Fakten liefern könnten, schien dem Dienststellenleiter zu gefallen.

»Nun gut, aber danach erwarte ich wirklich einen Bericht«, sagte er gönnerhaft und verzog sich in sein Büro.

»Du weißt eben, wie du den Chef zu nehmen hast«, lobte Mona, als sie wenig später auf die Strandstraße hinaustraten. Das *Hotel Heuer* war so zentral gelegen, dass man es von der Wache aus beinahe sehen konnte. Die Kommissare mussten zu Fuß nur wenige hundert Meter zurücklegen, um es zu erreichen. Sie gingen am Inselbahnhof und an dem kleinen Park vorbei, der Georg-Schütte-Platz hieß. Dabei sprachen sie natürlich weiter über den Fall.

»Ich bekomme die Puzzleteile noch nicht zusammen«, musste Enno zugeben, »sind Knapp und Jessica wirklich ein Liebespaar gewesen? Oder verband sie eine Art gemeinsames Geschäftsinteresse? Übrigens wissen wir noch gar nicht, womit die beiden ihren Lebensunterhalt bestreiten. Ich kann mir nicht vorstellen, dass durch so einen Krimiblog genug Geld hereinkommt.«

»Mit genügend Abonnentenzahlen könnte es klappen, aber das lässt sich ja nachprüfen«, erwiderte Mona. Sie fuhr fort: »Sind wir uns darüber einig, dass Christin ein großes Risiko eingeht, indem sie auf Borkum erscheint? Dafür muss es einen sehr wichtigen Grund geben.«

»Die intensive Suche nach ihrer Leiche wurde schon vor längerer Zeit eingestellt«, erinnerte der Ostfriese, »und die Hamburger Kollegen haben meines Wissens nie den Radius auf ganz Niedersachsen, Bremen und Schleswig-Holstein ausgeweitet. Zugegeben, ihr Foto war seinerzeit in der Presse und im Fernsehen. Aber so außergewöhnlich sieht sie nicht aus. Wenn dir das Detail mit dem Muttermal nicht aufgefallen wäre, könnte man sie wahrscheinlich mit anderen Frauen ähnlicher Statur verwechseln.«

»Ich will mich nicht zu früh freuen«, erwiderte die Kommissarin, »vielleicht habe ich ja Tomaten auf den Augen, und die unhöfliche eilige Dame hatte überhaupt nichts mit unserem Fall zu schaffen.«

Das *Hotel Heuer* gehörte zu den Borkumer Traditionsbetrieben, die sich seit Generationen in Familienbesitz befanden. Es existierte seit der Kaiserzeit, war allerdings nicht so elegant und hochklassig wie das Hotel *Zu den Gezeiten*, das sich schräg gegenüber befand. Doch die Nähe zum Inselbahnhof und zur beliebten Bismarckstraße sicherte auch dem *Hotel Heuer* stets genügend Gäste. Außerdem verfügte es nur über zehn Zimmer, so dass es oft ausgebucht war. Die Ermittler betraten das weiß getünchte und liebevoll restaurierte Gebäude. Hinter dem Rezeptionstresen stand Lisa Heuer persönlich. Die Inhaberin war um die vierzig und hatte eine blonde Kurzhaarfrisur. Sie lächelte die

Ermittler an: »Moin, was führt euch zu mir? Ich hoffe nicht, dass sich einer meiner Gäste danebenbenommen hat.«

Sie kannte die Kommissare natürlich, und wie die meisten Borkumer Hoteliers pflegte sie ein gutes Verhältnis zur Polizei.

»Wir benötigen nur eine Auskunft«, erklärte Mona. »Sagt dir diese Telefonnummer etwas?«

Sie hatte die Zahlenfolge auf dem Einzelverbindungsnachweis mit einem Textmarker hervorgehoben.

»Ja, das ist die Durchwahl von meinem Zimmer elf«, erwiderte Lisa Heuer.

»An wen hast du das Zimmer aktuell vermietet?«, fragte Enno. Die Hotelbesitzerin schaute in ihren Computer und antwortete: »Der Gast heißt Paula Nägeli, eine Schweizerin.«

Mona hatte vor dem Verlassen des Büros auf ihrem Smartphone ein Medienfoto von Christin Warringa abgespeichert, das sie Lisa Heuer nun zeigte: »Ist sie das?«

»Ja, könnte sein. Doch, das ist sie, ich erkenne das Muttermal am Hals. Aber warum hat sie einen schwarzen Balken über ihren Augen?«

»Das erklären wir dir später«, erwiderte die Kommissarin, während sich ihr Pulsschlag beschleunigte. Sie fragte: »Befindet sich Frau Wa …, äh, Frau Nägeli momentan auf ihrem Zimmer?«

»Nein«, erwiderte Lisa Heuer. Ihre Stimme klang nun misstrauisch: »Als mein Zimmermädchen vorhin geputzt hat, war der Raum leer. - Was ist hier los?«

»Es gibt keinen Grund zur Beunruhigung«, beruhigte die Ermittlerin sie und hoffte, dass sie überzeugend klang. »Wir wollen nur mit der Dame reden. - Könntest du mich bitte sofort anrufen, wenn sie zurückkehrt? Aber verrate ihr bitte nicht, dass die Polizei hier war.«

Lisa Heuer warf Mona einen verängstigten Blick zu. Enno betonte: »Es handelt sich um eine reine Routinebefragung. Trotzdem sollte sie nicht erfahren, dass wir uns für sie interessieren.«

»Ich werde tun, was ich kann«, murmelte die Hotelbesitzerin. Aber sie wirkte jetzt richtig nervös. Die Kommissare verabschiedeten sich von ihr und kehrten zur Wache zurück.

Kapitel 10

Oltbeck runzelte die Stirn, als die beiden ihm wenig später in seinem Büro von den neuesten Entwicklungen berichteten.

»Und Sie sind sicher, dass es sich bei dieser Person um die angeblich tote Christin Warringa handelt? Warum hätte sie ihren Tod inszenieren sollen?«, wollte er wissen.

»Diese Frage können wir noch nicht beantworten«, sagte Mona, »und falls es sich bei dem Hotelgast wirklich nur um eine harmlose Schweizer Urlauberin handelt, werden wir das im Handumdrehen feststellen können. Tatsache ist: Knapp muss diese Frau gekannt haben, denn er rief ihre Durchwahlnummer im Hotel an, kurz nachdem ich ihn am Strand zur Rede gestellt hatte.«

»Dieser Punkt gefällt mir auch überhaupt nicht, Frau Sander. Warum besitzt eine junge Frau heutzutage kein Smartphone?«

»Weil Leichen normalerweise nicht telefonieren, auch lebende nicht.«

Diese Bemerkung hatte die Kommissarin sich nicht verkneifen können. Dabei hätte ihr bewusst sein müssen, dass der Humor ihres Vorgesetzten sich in sehr engen Grenzen hielt. Entsprechend harsch war seine Reaktion: »Sehr witzig! Es kann aber auch eine ganz andere Erklärung für diesen Telefonkontakt geben. Beispielsweise könnte Knapp trotz seiner Beziehung zu Jessica Liebig Kontakt zu anderen Frauen gesucht haben. Vielleicht gab es ja einen heißen Flirt zwischen ihm und dieser Paula Nägeli?«

Enno warf ein: »Das wäre möglich. - Allerdings haben wir einen Augenzeugen, der überzeugt ist, diese Frau im Naturschutzgebiet gesehen zu haben – und zwar kurz nachdem Jörn Warringa ihm den Weg zur Musikkuppel zeigte. Es könnte sein, dass die Frau Warringa gefolgt ist.«

»Weil sie ihren Ehemann mit ihrer Wiederauferstehung überraschen wollte?«, spottete der Chef. Er fügte hinzu: »Ihnen ist schon bewusst, wie abenteuerlich dies alles klingt? Meine Lösung des Rätsels ist viel einfacher: Knapp wirft die Fensterscheibe ein und begeht den Fehler, wenig später zum Haus der Warringas zurückzukehren. Bei Jörn Warringa brennen die Sicherungen durch. Erst schlägt er diesen Krimiblogger, der in Todesangst flieht. Aber der Täter holt ihn ein und schneidet ihm in rasender Wut die Kehle durch. Die Mordwaffe lässt er verschwinden und kehrt zum Haus seiner Mutter zurück, als ob nichts geschehen wäre. Zugegeben, die Tat hat sich mitten am Tag ereignet. Aber solange es keine Augenzeugen gibt, muss er einfach nur hartnäckig leugnen – obwohl er Motiv und Gelegenheit für die Tat hat. - Holen Sie Warringa hierher, konfrontieren Sie ihn mit dem Mordvorwurf und sorgen Sie dafür, dass er gesteht.«

»Aber Christin Warringa ...«, begann Mona, doch Oltbeck fiel ihr ins Wort: »Lassen Sie mich doch mit dieser Frau in Ruhe! Früher oder später wird die Urlauberin ins *Hotel Heuer* zurückkehren, dann können Sie in Gottes Namen ihre Personalien überprüfen. Und übrigens: Selbst wenn Christin Warringa ihren Tod vorgetäuscht hat, muss sie deshalb noch lange nicht etwas mit Knapps Tod zu tun haben.«

Die Kommissarin schaffte es diesmal, ihren Schnabel zu halten. Doch als sie und Enno kurze Zeit später die Polizeistation verlassen hatten und in ihren Dienstwagen stiegen, brach es aus ihr heraus: »Was für ein absurder Gedanke, Knapps letzten Anruf mit seiner Ermordung in Verbindung zu bringen! Wie konnte ich nur so naiv sein!«

»Beruhige dich bitte«, erwiderte der Oberkommissar und zwinkerte ihr zu, »du weißt doch, dass unser verehrter Chef nicht mit einem allzu großen Vorstellungsvermögen gesegnet ist.«

»Das ist die Untertreibung des Jahrhunderts!«, fauchte Mona. Dann fuhr sie etwas ruhiger fort: »Es muss einen sehr wichtigen Grund dafür geben, dass Christin Warringa auf die Insel gekommen ist. Sie könnte erkannt werden, darüber sind wir uns wohl einig. Warum geht sie dieses Risiko ein? Und wenn Dresslers Beobachtung stimmt – hat sie es wirklich darauf angelegt, ihrem Ehemann zu begegnen?«

»Die beiden könnten auch miteinander verabredet gewesen sein«, gab der Ostfriese zu bedenken, »auch diese Möglichkeit sollten wir nicht völlig ausschließen.«

»Das würde ja bedeuten, dass Warringa wusste, dass seine Frau noch lebt, Enno. Warum hat er dies im Strafprozess verschwiegen und lieber eine lebenslange Haftstrafe in Kauf genommen?«

Der Ostfriese antwortete: »Er könnte etwas zu verbergen haben, das ihm sehr wichtig ist – abgesehen davon wurde er ja freigesprochen. Vielleicht hat er sein Wissen als Trumpfkarte in der Hinterhand behalten, falls das Gericht ihn wirklich wegen Mordes verurteilt hätte. In dem Moment, wo unsere Hamburger Kollegen die lebende Christin Warringa aufgegriffen hätten, wäre das Verfahren neu aufgerollt worden.«

Es war bereits früher Abend, als die Kommissare an der Waterdelle eintrafen. Jetzt, Anfang Juni, würde der Sonnenuntergang auf Borkum erst um kurz vor 22 Uhr anzuschauen sein. Am Horizont hatten sich leichte Schleierwolken gebildet. Nach dem warmen Tag hätte die auffrischende Brise eigentlich abkühlend wirken sollen. Mona war es trotzdem heiß, denn die neuen Erkenntnisse hatten ihren Herzschlag kräftig erhöht. Sie hoffte, jetzt zumindest auf einige ihrer Fragen Antworten zu bekommen. Ihr Kollege hatte bereits seine Frau angerufen und erklärt, dass er sich verspäten würde. Die Kommissarin benachrichtigte ihren Freund nicht; Jan Lummer war es gewohnt, dass sie kam und ging, wie es ihr gefiel. Wenn er an der Spontaneität seiner Freundin Anstoß genommen hätte, wären er und Mona gewiss schon lange nicht mehr zusammen gewesen.

Nachdem der Oberkommissar geparkt hatte, stiegen die beiden aus. Seine Kollegin klingelte an der Tür. Aafke öffnete und blickte zu ihr auf – für die kurz geratene Mona immer noch eine ungewohnte Situation.

»Bin ich jetzt verhaftet?«, fragte die Seniorin. Enno schüttelte den Kopf: »Nee, aber Jörn müsste uns zur Wache begleiten.«

Nun erschien auch ihr Sohn auf der Bildfläche. Sein Haar war feucht, er duftete nach Duschgel.

»Ich habe nach wie vor kein Alibi«, stellte er ruhig fest.

»Das ist uns bewusst«, erklärte Mona, »aber es gibt noch einige andere Dinge, die wir mit dir besprechen müssen.«

Warringa zuckte mit den Schultern: »Meinetwegen, ich habe nichts zu verbergen.«

Von dieser Aussage war die Kriminalistin weniger als je zuvor überzeugt. Der Verdächtige ließ sich von Enno durchsuchen. Er hatte weder ein Messer noch andere gefährliche Gegenstände bei sich. Aafke schien es mit Gleichmut aufzunehmen, dass die Beamten ihren Sohn mit zur Dienststelle nahmen. Entweder war sie hundertprozentig von seiner Unschuld überzeugt oder sie hatte einfach gute Nerven. Nach Monas Ansicht traf beides zu. Während der kurzen Fahrt zur Polizeistation wurde kein Wort gesprochen. Nachdem Warringa in den Verhörraum geführt worden war, informierte ihn der Oberkommissar: »Du stehst im Verdacht, Oliver Knapp getötet zu haben. Du kannst die Aussage verweigern, musst dich nicht selbst belasten und hast das Recht auf einen Anwalt.«

»Ich würde denselben Strafverteidiger nehmen, den mich schon in Hamburg vertreten hat«, erwiderte er, »aber ehrlich gesagt weiß ich nicht, was ihr von mir hören wollt. Leider kann ich nicht beweisen, dass ich mit dem Mord nichts zu tun habe. Trotzdem bin ich es nicht gewesen, das habe ich euch vorhin schon gesagt.«

»Wir haben inzwischen aber interessante Neuigkeiten erfahren«, erklärte Mona und schaute ihm direkt in die Augen. Sie fuhr fort: »Es sieht nämlich so aus, als ob Christin noch am Leben wäre.«

Die Kommissarin hatte überlegt, ob sie Warringa diesen Satz an den Kopf knallen sollte. Immerhin wäre es ja möglich, dass Oltbeck recht hatte und es sich bei der Frau mit dem Muttermal wirklich um eine Schweizerin handelte, die den Mordverdächtigen überhaupt nicht kannte. Dann wären ihre Worte dem Witwer gegenüber unnötig grausam gewesen. Doch ihr kriminalistischer Instinkt sagte ihr, dass sie richtig lag. Warringa tat jedenfalls so, als ob er ihr nicht glauben würde. Er zog die Augenbrauen zusammen: »Falls das ein Scherz sein soll, kann ich nicht darüber lachen.«

»Oh, wir werden diese Frau schon sehr bald überprüfen. Und dann wird sich zeigen, ob Christin wirklich nicht getötet wurde. Du musst doch selbst ein großes Interesse daran haben, dass wir ihren wahren Mörder entlarven, Jörn. - Es sei denn, du hast die ganze Zeit über gewusst, dass ihr nichts zugestoßen ist!«

Warringa grinste breit – aber sie glaubte, in seinen Augen so etwas wie Furcht aufflackern zu sehen.

»Du hast wirklich eine blühende Fantasie, Mona«, meinte er. Die Kommissarin kam auf einen anderen Gesichtspunkt zu sprechen: »Angenommen, Jessica und deine Frau wären wirklich keine Freundinnen gewesen. Warum hätte diese Frau dich in die Pfanne hauen sollen?«

»Diese Frage hat mir mein Verteidiger auch gestellt, obwohl er andere Worte benutzte. Außerdem ging er davon aus, dass die beiden Frauen einander wirklich kannten. Wie auch immer – auch der Jurist konnte nichts herausfinden.«

Dann werden wir wohl Jessica selbst fragen müssen, dachte die Kommissarin. Sie sagte: »Weißt du, was ich denke? Du und deine Frau, ihr hattet ein gemeinsames Geheimnis. Und Christin beschloss eines schönen Tages, dich auszubooten. Also ließ sie es so aussehen, als ob du sie umgebracht hättest. Sie konnte daraufhin ihre eigenen Pläne verfolgen, aber etwas muss schiefgegangen sein. Daraufhin erschien sie hier auf Borkum – ich könnte mir sogar vorstellen, dass du sie getroffen hast.«

Warringa schüttelte den Kopf, er verschränkte die Arme vor der Brust: »Ich habe die Nase voll davon, wie du über meine ermordete Frau redest. Bitte ruft Dr. Andresen an. Bevor ich mit meinem Strafverteidiger gesprochen habe, sage ich nichts mehr.«

»Das ist dein gutes Recht«, stellte Enno klar, »allerdings werden wir den Rechtsanwalt heute nicht mehr erreichen können. Ich schätze, er wird frühestens morgen im Lauf des Tages auf Borkum eintreffen. Daher musst du die Nacht in unserer Arrestzelle verbringen. Es besteht Flucht- und Verdunkelungsgefahr.«

Noch vor wenigen Stunden hätte Mona Hemmungen gehabt, Warringa einzusperren. Inzwischen betrachtete sie die Dinge anders. Wenn Warringa wirklich mit seiner Frau unter einer Decke steckte, durfte er jetzt auf keinen Fall freigelassen werden. Zu groß war die Gefahr, dass er mit ihr gemeinsam ein neues Verbrechen ausheckte. War Knapp vielleicht dem Ehepaar auf die Schliche gekommen und hatte dadurch sein Leben verloren? Enno brachte den Verdächtigen in die Zelle. Als er zurückkam, nickte der Ostfriese seiner Kollegin freundlich zu: »Ich habe Jörn vorhin genau beobachtet, als du ihm deine Schlussfolgerungen unterbreitet hast. Er fühlte sich ertappt, wahrscheinlich hast du den Nagel auf den Kopf getroffen. Jetzt müssen wir es ihm nur noch beweisen.«

Kapitel 11

Der Oberkommissar hinterließ in der Kanzlei des Hamburger Strafverteidigers Andresen die Bitte um Rückruf. Danach machte er Feierabend. Auch Mona hätte jetzt entweder nach Hause fahren oder ihren Freund in seinem Lokal *Nordsee Kajüte* besuchen können, wo er garantiert hinter der Theke stand und Bier zapfte. Aber sie war noch zu aufgedreht, um abschalten zu können. Sie schaute auf die Uhr. Inzwischen war es 20.33 Uhr. Hätte Christin Warringa – oder Paula Nägeli, falls Mona sich irrte – nicht allmählich in ihr Hotel zurückkehren müssen? Mona fragte sich, warum Lisa Heuer noch nicht angerufen hatte. Sie beschloss, kurz in dem Hotel vorbeizuschauen. Vorher würde sie doch keine innere Ruhe finden können. Die letzten Kleinbahnzüge hatten den Inselbahnhof verlassen, an diesem Tag würden keine Fähren mehr nach Emden und Eemshaven verkehren. Entsprechend ruhig war es nicht nur auf dem Bahnsteig, sondern auch in der Eingangshalle des kleinen Hotels. Vor dem nächsten Morgen waren vermutlich keine neuen Gäste mehr zu erwarten. Lisa Haller stand so starr hinter dem Rezeptionstresen, als ob jemand ihre Schuhsohlen an den Fußbodendielen festgeklebt hätte.

»Moin!«, sagte die Kommissarin fröhlich, »ich will dir ja nicht auf die Nerven gehen, aber ...«

»Warum tust du es dann?«, zischte die Hotelbesitzerin. Sie wirkte ziemlich verkrampft, wie die Ermittlerin fand. Nachdem sie die Frage gestellt hatte, biss sie ihre Zähne so stark zusammen, dass die Muskulatur ihrer Wangen hervortrat. Mona runzelte die Stirn. Sie hatte Lisa nun schon eine ganze Weile, aber unverschämt war sie der Kommissarin gegenüber noch nie gewesen.

»Ist alles in Ordnung?«, lautete Monas Gegenfrage.

»Ich weiß nicht, wo mir der Kopf steht«, behauptete Lisa, »ich bin ja keine Beamtin wie du, die pünktlich ihren Kugelschreiber fallenlassen kann. Ich habe das ganze Hotel voll mit Gästen, die meine Aufmerksamkeit erfordern. - Und ich habe nicht vergessen, dass du dich für Paula Nägeli interessierst. Sobald sie hier auftaucht, rufe ich dich an, versprochen!«

»Alles klar, dann werde ich dich jetzt nicht länger stören. Ich wünsche noch einen schönen Abend.«

Mit diesen Worten machte Mona auf dem Absatz kehrt und verließ die Hotelhalle, ohne sich noch einmal umzuschauen. Sie hatte ein mulmiges Gefühl im Magen. Normalerweise konnte sie sich auf ihr Bauchgefühl verlassen. Und hier stimmte etwas ganz und gar nicht. Am liebsten wäre sie der Sache sofort auf den Grund gegangen. Aber sie musste damit rechnen, dass sie beobachtet wurde. Also ging sie zunächst zur Polizeistation, wo sie ihr Fahrrad zurückgelassen hatte. Dann fuhr sie zu ihrer Wohnung in der Walfangerstrate, wobei sie darauf achtete, ob sie jemand verfolgte. Doch das schien nicht der Fall zu sein. Erst, als Mona in ihren vier Wänden war, griff sie zum Smartphone und rief Enno an.

»Es tut mir leid, dich nach Feierabend stören zu müssen - aber im *Hotel Heuer* ist etwas oberfaul!«

Sie berichtete von ihrer kurzen Begegnung mit der Hotelbesitzerin. Als gleich darauf Ennos tiefe Stimme erklang, hörte er sich besorgt an: »Es war genau richtig, dass du mich verständigt hast. Dieses Verhalten passt überhaupt nicht zu Lisa. Ich vermute, dass sie völlig verängstigt und durcheinander ist. Wahrscheinlich hat Christin Warringa irgendwie herausgefunden, dass Lisa mit uns in Kontakt steht.«

»Das nehme ich auch an – aber dann hätte sie uns doch alarmieren können. Stattdessen scheint sie vor Angst wie gelähmt zu sein.«

»Richtig, Mona – und da kommt Anneke ins Spiel.«

Die Kommissarin schlug sich mit der flachen Hand vor die Stirn: »Lisas Kind – an die Kleine habe ich überhaupt nicht gedacht! Glaubst du, dass Christin Anneke als Geisel genommen hat?«

»Ich will den Teufel nicht an die Wand malen, aber das wäre eine plausible Erklärung für Lisas Verhalten«, entgegnete der Oberkommissar und fügte hinzu: »Hoffentlich irre ich mich – aber ich werde heute Abend keine ruhige Minute haben, bevor ich nicht weiß, dass das Kind in Sicherheit ist.«

»Was sollen wir tun?«

Diese Frage stellte Mona eher selten. Normalerweise war sie eine Frau der schnellen Entschlüsse. Aber sie wollte nichts falsch machen und hoffte auf Ennos große Erfahrung als Polizist.

»Ich kenne Lisas Mutter ganz gut«, sagte er, »vielleicht schläft die Kleine ja heute bei ihr, dann ist alles in Butter und wir haben uns umsonst Sorgen gemacht. Aber falls Anneke nicht bei ihrer Oma ist, müssen wir uns etwas anderes ausdenken. - Wo bist du gerade?«

»Daheim.«

»In Ordnung, dann gebe ich entweder gleich Entwarnung oder hole dich ab.«

Die nächsten Minuten kamen der Ermittlerin wie die längsten ihres Lebens vor. Sie wusste natürlich, dass Lisa Heuer eine alleinerziehende Mutter war. Wie alt ihre Tochter jetzt wohl sein mochte? Neun, zehn oder elf Jahre alt? Mona hatte das Mädchen natürlich schon öfter gesehen, denn Borkum war eine überschaubare Insel, und als Polizistin hatte sie in allen Teilen des Eilands zu tun. Gelegentlich hatte sie auch ein paar Worte mit Anneke gewechselt. Lisa machte ja kein Geheimnis daraus, dass sie Mutter war, und gelegentlich hielt sich das Mädchen auch in der Hotellobby auf. Die Kommissarin bekam ein furchtbar schlechtes Gewissen, weil sie Lisa und Anneke in ihre Ermittlung hineingezogen hatte. Die Hotelbesitzerin konnte wahrscheinlich nicht gut lügen – und wenn Christin misstrauisch geworden war … Mona musste ihre Fantasie zügeln, sonst würde sie noch durchdrehen. Endlich klingelte es an ihrer Wohnungstür. Sie drückte gar nicht erst auf den Summer, sondern sprang die Treppenstufen hinunter. Als sie Ennos imposante Gestalt erblickte, umarmte sie ihn spontan.

»Das musste jetzt einfach sein!«, seufzte sie.

»Mach dich nicht verrückt«, riet ihr erfahrener Kollege. »Ich habe schon einen Plan.«

»Lass hören!«, bat Mona.

»Die Rezeption im *Hotel Heuer* ist nur bis zweiundzwanzig Uhr besetzt«, erklärte Enno. »Die bereits angereisten Gäste haben alle einen Hausschlüssel. Wer später auf der Insel eintrifft, muss vorher bei Lisa anrufen, um hereingelassen zu werden. Das geschieht aber so gut wie nie, weil die letzte Fähre des Tages um diese Uhrzeit schon längst angelegt hat.«

»Sprich weiter«, bat sie. Hoffnung keimte in ihr auf. Der Oberkommissar musste auf dem Weg von seinem Haus zu ihrer Wohnung die Situation genau analysiert und seine Schlussfolgerungen gezogen haben. Das schätzte sie so an ihm: Für Enno gab es immer einen Ausweg. Es gab Menschen, die ihn wegen seiner gemütlichen und behäbigen Art unterschätzten und für langsam hielten, aber sie hätten sich nicht stärker täuschen können. Der Ostfriese war einer der intelligentesten Menschen, die sie kannte. Er fuhr fort: »Ich weiß nicht, ob dir bekannt ist, dass Lisa und ihre Tochter ebenfalls in dem Hotel wohnen. Wenn meine Annahmen stimmen, dann werden sie in ihrer Wohnung von Christin gefangen gehalten. Die Preisfrage lautet, ob die

Verbrecherin sie direkt bewacht oder sich in ihrem eigenen Zimmer aufhält.«

Mona warf ein: »Sie wird kein großes Interesse an Mutter und Tochter haben, hoffe ich. Ihr kam es nur darauf an, dass Lisa mir nicht verrät, dass sie ins Hotel zurückgekehrt ist. Und das hat sie nicht getan.«

Enno sagte: »Wir fahren jetzt zu Lisas Mutter. Bentje hat für Notfälle einen Generalschlüssel des Hotels. Damit kommen wir unbemerkt rein. Christin hat Zimmer elf, richtig? Dort sollten wir zuerst nachschauen. Am besten wäre es natürlich, wenn wir sie im Schlaf überrumpeln könnten. Sobald wir ihr Handschellen angelegt haben, sind Lisa und Anneke außer Gefahr.«

Das war ein guter Vorschlag, wie die Kommissarin fand. Sie fuhren zur Franzosenschanze, wo Bentje in einem kleinen Rotziegel-Friesenhaus lebte. Sie musste schon auf die Kriminalisten gewartet haben. Jedenfalls öffnete sie sofort die Tür, noch bevor Enno geklingelt hatte.

»Ich hoffe, dass es meinen Mädchen gut geht«, sagte die grauhaarige Frau in den Siebzigern. Ihre Stimme zitterte leicht.

»Ich rufe dich an, sobald wir mehr wissen«, versprach der Oberkommissar. Die Ermittler fuhren zum *Hotel Heuer*. Enno warf seiner Kollegin einen prüfenden Seitenblick zu: »Christin hat keinen Grund, Mutter und Tochter etwas anzutun. Sie will nur verhindern, dass Lisa uns alarmiert.«

»Es ist lieb von dir, dass du mich zu beruhigen versuchst. Aber du weißt so gut wie ich, dass Kriminelle keineswegs immer rational handeln.«

Darauf erwiderte der Ostfriese nichts. Mona war nur froh, dass sie jetzt etwas unternehmen konnten. Sie parkten wieder bei der Polizeistation und gingen zum Hotel hinüber. Es war nach zweiundzwanzig Uhr, in den Lokalen auf der Bismarckstraße herrschte vermutlich ausgelassene Stimmung. Die Musik klang bis zum Georg-Schütte-Platz hinüber.

»Wir nehmen uns erst das Zimmer der Verdächtigen vor«, meinte Enno mit gedämpfter Stimme, »wenn Christin Warringa nicht dort ist, suchen wir sie in Lisas Wohnung. Diese befindet sich in der obersten Etage.«

Die Kommissarin nickte. Sie war jetzt ganz auf die bevorstehende Aufgabe konzentriert. Ihr mulmiges Gefühl unterdrückte sie, so gut es ging. In einigen Hotelräumen brannte Licht, aber Mona wusste nicht, wo sich Zimmer elf befand. Die Ermittler standen nun vor dem Haupteingang. Zum Glück konnte der Oberkommissar die Tür mit dem Generalschlüssel fast geräuschlos aufbekommen. Das Gebäude-Beleuchtungssystem war offenbar mit Bewegungsmeldern ausgestattet. Jedenfalls flammte die Deckenleuchte auf, sobald sie die Hotelhalle betraten.

»Zimmer elf ist im ersten Stockwerk«, flüsterte Enno. Er ging voran und zog seine Pistole. Mona folgte seinem Beispiel. Wenn ihre Annahmen stimmten, dann war Christin Warringa sehr gefährlich – man durfte bei ihr kein Risiko eingehen. Trotz seines Gewichts konnte der Ostfriese sich erstaunlich leise bewegen. Die beiden erreichten den Korridor in der ersten Etage, als plötzlich die Tür zu Zimmer acht geöffnet wurde. Ein Pärchen in den Dreißigern trat lächelnd heraus, die beiden wollten offenbar noch ausgehen. Doch sie erstarrten, als sie die bewaffneten Beamten erblickten. Mona zog schnell mit ihrer freien Hand ihren Dienstausweis hervor.

»Es ist alles in Ordnung«, flüsterte sie eindringlich, »gehen Sie einfach und machen sich einen schönen Abend!«

Die Frau und der Mann nickten, bevor sie so schnell wie möglich das Hotel verließen. Inzwischen war Enno vor Zimmer elf stehen geblieben. Er lauschte, aber aus dem Inneren drang kein Laut. War das ein gutes oder schlechtes Zeichen? Und – wie sah es mit Christin Warringas Bewaffnung aus? Es gab momentan keine Möglichkeit, dies herauszufinden. Mona blieb schräg hinter ihrem Kollegen stehen. Den Ermittlern blieb nichts anderes übrig, als auf den Überraschungseffekt zu hoffen. Ob die Verdächtige schon schlief? Dafür war es noch etwas früh. Enno benutzte erneut den Generalschlüssel, drückte die Klinke herunter und schob die Tür auf. Mona hielt unwillkürlich den Atem an. Aus dem Zimmer erfolgte keine Reaktion – kein Geräusch und erst recht kein Schuss. Drinnen herrschte Halbdunkel, denn vor einigen Minuten war die Sonne über dem Nordseehorizont untergegangen. Dennoch drang etwas Licht von den Straßenlaternen bei den Bahngleisen durch die Fenster in den Raum. Mona folgte ihrem Kollegen in das Hotelzimmer, wobei sie das Deckenlicht einschaltete. Das Bett war unberührt, der Raum wirkte geradezu unbewohnt. Doch ein Blick in den Kleiderschrank zeigte, dass die Bewohnerin noch nicht abgereist sein konnte. Damengarderobe war jedenfalls reichlich vorhanden. Und in einer Ecke stand ein großer Rollkoffer. Auch in der

Nasszelle waren alle notwendigen Hygiene- und Kosmetikartikel griffbereit.

»Der Vogel ist ausgeflogen«, stellte der Oberkommissar fest, »dann bewacht sie entweder ihre Geiseln in Lisas Wohnung oder sie hat irgendwo auf der Insel etwas zu erledigen.«

Als die beiden das Zimmer wieder verließen, schalteten sie das Licht wieder aus. Natürlich hatten sie auch im Raum nichts verändert. Christin Warringa sollte nicht merken, dass sie ungebetenen Besuch bekommen hatte. Die Wohnung der Hotelbesitzerin befand sich in der dritten Etage. Die Kommissare nahmen nicht den Aufzug, dessen Geräusch die Täterin vielleicht aufgeschreckt hätte. Wie wahrscheinlich war es, dass sich die Verbrecherin bei ihren Geiseln befand? Solange die Ermittler nicht genau wussten, was sie im Schilde führte, musste die Antwort auf diese Frage reine Spekulation bleiben. Mona versuchte, auf den mit Kokosläufern bedeckten Treppenstufen möglichst wenig Geräusche zu verursachen. Dennoch erschien ihr jedes Knistern und Knirschen unendlich laut zu sein. Im obersten Stockwerk waren neben Lisa Heuers Wohnung noch zwei Suiten gelegen. Die dortigen Gäste schienen daheim zu sein, jedenfalls konnte man TV-Geräusche und Musik hören. Eigentlich wäre es besser gewesen, die Personen zunächst zu evakuieren. Doch dadurch riskierte man, dass Christin Warringa gewarnt wurde. Also öffnete Enno auch die Tür zu den Räumen der Hotelbesitzerin so geräuschlos wie möglich. Im Inneren brannte Licht, und ein leises Wimmern war zu hören. Die Kommissare drangen mit schussbereiten Pistolen in die Wohnung ein. Lisa und Anneke Heuer befanden sich im Wohnzimmer. Beide saßen auf Stühlen, waren gefesselt und geknebelt. Während Enno die übrigen Räume durchsuchte, steckte Mona schnell ihre Waffe weg und befreite Mutter und Tochter.

»Gott sei Dank!«, stieß Lisa Heuer hervor und wischte sich die Tränen vom Gesicht. »Ich weiß nicht, wie lange wir hier gefangen waren. Es können gar nicht so viele Stunden gewesen sein, aber sie schienen niemals enden zu wollen.«

Mehr sagte sie nicht, denn nun musste sie erst einmal ihre Tochter in die Arme schließen. Enno kam kopfschüttelnd ins Wohnzimmer: »Die Verdächtige ist weg. - Ich hole jetzt erst einmal einen Arzt. Und dann rufe ich Bentje an.«

Er griff zum Smartphone. Mona blieb nicht untätig. Sie ging in die Küche hinüber, goss für Mutter und Tochter jeweils ein Glas mit

Mineralwasser voll und kehrt zu ihnen zurück. Die beiden tranken gierig.

»Seid ihr verletzt?«, fragte die Kriminalistin besorgt. Lisa Heuer schüttelte den Kopf: »Nein, aber diese falsche Schlange hat uns mit einer Pistole bedroht. Das war ziemlich schockierend.«

Mona selbst hatte schon mehrfach in die Mündung einer Waffe blicken müssen. Und obwohl sie als Polizistin für solche Extremsituationen ausgebildet war, hatte sie diese Erlebnisse erst einmal verdauen müssen. Daher konnte sie sich ungefähr vorstellen, wie sich Zivilisten dabei fühlen mussten – vor allem, wenn eine der Personen ein Kind war. Sie wandte sich an Anneke: »Wir werden diese Frau finden und für ihre Strafe sorgen, das verspreche ich dir.«

Auch das Mädchen hatte geweint, schien sich aber besser mit der Lage abgefunden zu haben als seine Mutter. *Vielleicht kann sie sich gar nicht vorstellen, wie schlimm es hätte ausgehen können,* dachte die Kommissarin.

Kapitel 12

Enno ging hinunter, um die Hoteltür für Dr. Siemers zu öffnen. Mutter und Tochter schienen sich schnell von ihrer Gefangenschaft zu erholen. Es war trotzdem wichtig, sie untersuchen zu lassen. Mona musste ihre Ungeduld bezwingen. Sie hätte Lisa Heuer zu gern gefragt, was in den letzten Stunden geschehen war. Aber sie ermahnte sich selbst, zunächst auf den Mediziner zu warten. Zehn Minuten später kehrte ihr Kollege in Begleitung des jungen glatzköpfigen Arztes zurück. Dr. Siemers nickte der Kommissarin zu und widmete sich dann den beiden Verbrechensopfern. Die Kriminalisten zogen sich in die Küche zurück, um ihn nicht zu stören.

Mona blieb am Fenster stehen, von dem aus sie einen schönen Blick Richtung Bismarckstraße und Neuer Leuchtturm hatte. Die Lichtfinger des Seezeichens durchschnitten den Nachthimmel. Im Hintergrund war die dunkle weite Fläche des Meeres zu sehen, die nur von den Positionslaternen der vorbeifahrenden Schiffe unterbrochen wurden. Doch leider fehlte der Kommissarin momentan der Sinn für diesen romantischen Anblick. Enno kam zu ihr und legte seine große schwere Hand auf ihre Schulter.

»Die beiden haben es überstanden.«

»Ich weiß«, erwiderte sie seufzend. »Aber es hätte viel schlimmer kommen können.«

»Glaubst du, dass wir dafür verantwortlich sind, Mona?«

»Ich habe Lisa gebeten, uns zu verständigen ...«

Der Oberkommissar betonte: »Rede dir das bitte nicht ein! Christin Warringa muss sehr viel kriminelle Energie besitzen, wenn sie ihren eigenen Tod vortäuscht und ihren Ehemann ins Gefängnis bringt. - Lisa sollte uns einfach nur anrufen, mehr nicht. Es war nicht vorherzusehen, dass die Situation so aus dem Ruder laufen würde.«

Mona wusste, dass ihr Kollege im Grunde recht hatte. Aber ihr mieses Gefühl in der Magengegend würde vermutlich erst verschwinden, wenn sie Christin Warringa Handschellen angelegt hatte. Dafür musste sie die Verbrecherin allerdings erst einmal erwischen.

»Ich gebe der Nachtschicht Bescheid, dass die Streifen nach der Verdächtigen Ausschau halten und Fährhafen sowie Flugplatz überwacht werden müssen«, sagte sie und griff zum Funkgerät. »Vor morgen früh wird wohl niemand die Insel verlassen können, aber sicher ist sicher.«

Nachdem Mona die Fahndung nach Christin Warringa veranlasst hatte, gesellte sich der Arzt zu den Ermittlern. Dr. Siemers unterdrückte ein Gähnen und erklärte: »Frau Heuer und ihre Tochter weisen keine äußeren Verletzungen auf, sie sind nur leicht dehydriert. Ansonsten war natürlich die Begegnung mit einer bewaffneten Verbrecherin für beide schockierend. Ich habe ihnen ein leichtes Beruhigungsmittel gegeben.«

»Dürfen wir sie befragen?«

»Ja, Frau Sander. Aber halten Sie es bitte kurz. Es ist wichtig, dass Frau Heuer und Anneke zur Ruhe kommen.«

Die Kommissare bedankten sich. Während Enno den Mediziner nach draußen begleitete, ging Mona zu Mutter und Tochter hinüber. Die beiden hatten es sich auf dem Sofa bequem gemacht. Bei dem zehnjährigen Mädchen schien die Medizin bereits ein wenig zu wirken, ihre Augenlider waren auf halbmast. Die Kriminalistin lächelte ihr zu und versicherte: »Ich will deine Mama etwas fragen, dann lasse ich euch in Ruhe. Einverstanden?«

Anneke nickte. Die Ermittlerin wandte sich an die Hotelbesitzerin: »Wie kam es dazu, dass die Täterin euch gefesselt und geknebelt hat?«

»Nachdem du und Enno bei mir wart, bin ich ziemlich nervös geworden«, gab Lisa Heuer zu. »Der Gedanke, dass ich eine Verbrecherin in meinem Hotel beherbergen könnte, ängstigte mich. Als Paula Nägeli – oder wie immer sie wirklich heißen mag – zurückkehrte, wollte ich euch eigentlich sofort anrufen. Aber es war wie verhext. Genau in dem Moment wurde ich von anderen Gästen in Anspruch genommen und musste mich um eine geplatzte Reservierung kümmern. Und ich fürchte, dass diese Frau meine Beklommenheit bemerkt hat. Sie verschwand jedenfalls bemerkenswert schnell. Als ich wieder Zeit zum Telefonieren gehabt hätte, kehrte sie in die Hotelhalle zurück. Sie sagte: ‚An Ihrer Stelle würde ich die Polizei nicht alarmieren. Ich habe nämlich Anneke.«

Als das Mädchen seinen Namen hörte, begann es zu sprechen: »Ich war in der Wohnung und machte Hausaufgaben. Da klopfte es an der Tür. Ich öffnete, und da stand diese Frau vor mir. Sie legte den Zeigefinger an die Lippen und richtete eine Pistole auf mich. Ich war total erschrocken. Sie fesselte mich und band mir einen Schal um den Mund, damit ich nicht schreien konnte. Dann sagte sie: ‚Ich hol jetzt deine Mama, damit du nicht so allein bist‘. Erst dachte ich, das wäre ein dummer Witz. Aber eine Zeitlang später kam sie dann mit meiner Mutter, die sie auch festband und knebelte. Dann sagte sie noch, dass wir keinen Unsinn machen sollten und verschwand.«

Lisa Heuer strich ihrer Tochter über das Haar und ergänzte: »Nach einem oder zwei Tagen bekommen die meisten Gäste mit, dass ich ein Kind habe. Anneke hält sich oft tagsüber im Hotel auf, da gibt es nie Schwierigkeiten. Es ist eben nicht immer einfach, wenn man alleinerziehend ist. Auf jeden Fall konnte ich nichts mehr machen, nachdem mein Kind in der Gewalt dieser Kriminellen war. Meine Angestellten gingen in den Feierabend, von ihnen schien niemand etwas bemerkt zu haben. Wie ihr wahrscheinlich wisst, habe ich keinen Nachtportier. Ich wurde von dieser Verbrecherin in meine eigene Wohnung geschafft, den Rest habt ihr ja schon von Anneke gehört.«

»Hat die Frau noch etwas zu dir gesagt?«, wollte die Kriminalistin wissen.

»Ja, sie erkundigte sich nach der Adresse von Aafke Warringa. Den Namen habe ich natürlich schon mal gehört, das ist ja eine alteingesessene Familie hier auf Borkum. Aber ich weiß nicht genau, wo sie wohnt, weil ich nie Kontakt zu ihr hatte. Ich sagte, dass sie wahrscheinlich im Telefonbuch stehen würde. Damit schien sich dieses Biest zufriedenzugeben.«

Christin Warringa wusste nicht, wo ihre eigene Schwiegermutter lebte? Doch bei genauerem Nachdenken erschien dies der Kommissarin gar nicht so unwahrscheinlich. Offenbar war Jörn Warringas Ehefrau niemals zuvor auf Borkum gewesen, zumindest gab es keinen Hinweis darauf. Und dass die Hochzeit des Paares in Hamburg stattgefunden hatte, war Mona schon beim Betrachten des Fotos in Aafkes Wohnzimmer klar gewesen. Im Hintergrund der Aufnahme konnte man die Elbe und die Hafenkräne am gegenüberliegenden Ufer sehen. Die Kommissarin sagte: »Wir verabschieden uns jetzt. Versucht bitte, etwas Schlaf zu finden. Wenn du morgen Zeit hast, müsstest du bitte zur Wache herüberkommen, damit wir deine Aussage zu Protokoll nehmen können.«

Lisa Heuers Stimme klang verängstigt: »Und wenn diese furchtbare Person nun zurückkommt? Sie wird ja immer noch ihren Schlüssel haben?«

»Wir sorgen dafür, dass dein Hotel von uniformierten Kollegen bewacht wird«, beruhigte Mona sie.

Enno war inzwischen auch wieder da. Er veranlasste, dass sich zwei Polizisten unverzüglich in Bewegung setzten. Als die Kommissare das Gebäude verließen, sprachen sie noch kurz mit ihnen und schilderten, was geschehen war.

»Wir halten die Augen offen«, versicherte Polizeimeister Hinderk Ekhoff.

»Die Verdächtige ist bewaffnet, achtet bitte auf Eigensicherung«, mahnte Enno. Mona sandte das Foto von Christin Warringa auf Hinderks Smartphone. Dann gingen die Ermittler zur Wache hinüber, um ihr Auto zu holen.

»Sind wir uns darüber einig, dass unsere Täterin in Aafkes Haus zu finden ist?«, fragte die Kommissarin.

»Davon würde ich ausgehen, obwohl ich noch keine Idee habe, was sie dort sucht«, erwiderte der Ostfriese. Er fuhr fort: »Jörns Freispruch muss ihr gründlich die Petersilie verhagelt haben, sie glaubte offenbar, mit ihrer Lügengeschichte davonzukommen. Als dann aber die Belastungszeugin Jessica Liebig umfiel, stürzte das Kartenhaus in sich zusammen. - Darüber können wir uns später die Köpfe zerbrechen. Ich sehe momentan Aafkes Leben in akuter Gefahr. Ich fürchte nämlich, dass sie sich von einer Schusswaffe nicht beeindrucken lässt. Wenn sie schon einen viel jüngeren und größeren Mann mit einem Fleischklopfer attackiert, dann sollten wir uns auf das Schlimmste einstellen.«

Während ihres Wortwechsels hatten die beiden den Hof der Polizeiwache erreicht und stiegen in ihren Dienstwagen. Enno schaltete das Blaulicht, nicht aber die Sirene ein. Zum Glück gab es um diese Uhrzeit auf Borkum ohnehin nur wenig Straßenverkehr. Im Handumdrehen hatten sie die Waterdelle erreicht. Natürlich machten sie nicht den Fehler, den Wagen direkt vor dem Haus abzustellen. Der Oberkommissar brachte das Auto schon an der Ecke zum Stehen, löschte Scheinwerfer und Blaulicht. Die beiden stiegen aus und näherten sich dem Warringa-Haus zu Fuß. In fast allen Räumen brannte Licht.

»Sie sucht wirklich etwas«, flüsterte Mona, »daher die Festbeleuchtung.«

»Ja, sie wird sich darauf konzentrieren«, gab Enno ebenso leise zurück, »andererseits weiß sie, dass wir ihr schon auf den Fersen sind. Und wir müssen damit rechnen, dass sie auf uns schießt.«

Da die Kommissare von der Pistole in den Händen der Verdächtigen wussten, hatten sie ihre kugelsicheren Westen bereits beim Verlassen des Wagens angelegt.

»Wir nehmen sie in die Zange«, schlug der Oberkommissar vor, »ich habe Jörns Hausschlüssel, den wir ihm vorhin abgenommen haben. Also komme ich durch die Vordertür. Du versuchst, durch die Küchentür zum Garten hin einzudringen. Wenn wir von zwei Seiten erscheinen, wird sie hoffentlich jeden Widerstand aufgeben.«

Daran hatte Mona ihre Zweifel, aber einen Versuch war es wert. Die beiden näherten sich dem Haus, wobei die Finsternis sich als gute Tarnung erwies. Die Straßenbeleuchtung auf diesem Teil der Waterdelle hielt sich in Grenzen, und die Finsternis schien die Kommissare verschluckt zu haben. Mona konnte jedenfalls ihren Kollegen schon nach wenigen Augenblicken nicht mehr sehen. Sie lief geduckt und hatte wieder ihre Dienstwaffe in der Rechten – wobei sie hoffte, diese nicht einsetzen zu müssen. Die Kriminalistin erreichte die Rückseite des Hauses. Der Duft des kleinen Kräutergartens stieg ihr in die Nase. Sie presste sich gegen die Mauer und spähte vorsichtig seitwärts in die Küche. Es gab eine kleine Halbgardine, die ihr teilweise die Sicht nahm. Trotzdem sah sie ein Paar Beine, die zu einer auf dem Boden liegenden Person gehörten. Mona erkannte sofort die Strümpfe und das Schuhwerk von Aafke Warringa wieder! Jetzt gab es kein Zögern mehr, die Frau benötigte umgehend ärztliche Hilfe – falls es dafür nicht schon zu spät war! Die Kommissarin hatte die Küchentür bereits gemustert, sie war lange nicht so massiv wie die Haustür. Mona spannte ihre Muskeln an und trat mit voller Wucht gegen das Holz. Das Schloss splitterte aus seiner Verankerung, und im nächsten Moment stand Mona in der Küche. Sie hatte sich nicht getäuscht. Die Hausherrin war offenbar niedergeschlagen worden. Mona wollte zu Aafke hin, als sie am Rand ihres Gesichtsfeldes eine schemenhafte Gestalt bemerkte. Diese rannte die Treppe ins erste Stockwerk hoch.

»Polizei! Stehen bleiben!«, rief die Kommissarin gellend. Nun hatte auch Enno die Vordertür geöffnet und stand im Flur.

»Kümmere dich um Aafke, in der Küche!«

Während Mona diesen Satz rief, nahm sie schon die Verfolgung auf. Sie raste die Treppe hoch in die erste Etage, wobei sie sich auf eine Schießerei einstellte. Doch die Verbrecherin feuerte nicht auf sie – noch nicht? Mehrere Zimmertüren standen offen, aus einem Raum wehte Mona Zugluft entgegen. Ob das Fenster geöffnet war? Sie lief dorthin. Die Gardinen wehten aus dem offenen Fenster hinaus. Die Kommissarin vergewisserte sich, dass sie nicht in eine Falle tappte, bevor sie dorthin lief und vorsichtig nach draußen schaute. Auf den ersten Blick sah sie niemanden. Ob Christin wirklich aus dem Fenster gesprungen war? Traditionelle Friesenhäuser hatten eher niedrige Zimmerdecken im Vergleich zu anderen Bauten in Deutschland, daher war auch das erste Stockwerk um einige Zentimeter niedriger errichtet. Mona wäre trotzdem nicht auf die Idee gekommen, aus der ersten Etage zu springen. Zu groß war die Gefahr, sich dabei ernsthaft zu verletzen. Und diese Bedenken hatte sie nicht umsonst, wie sich in den nächsten Sekunden zeigte. Sie sah nämlich eine blonde Frau, die stark humpelnd im Lichtkreis einer Straßenlaterne erschien.

Die Kommissarin kehrte um und eilte die Treppe hinunter. Sie sah ihren Kollegen neben der alten Frau knien. Enno hatte das Smartphone bereits in der Hand.

»Aafke lebt, sie hat einen Schlag auf den Kopf bekommen«, erklärte er.

»Christin wollte durch das Fenster den Abflug machen, ihr linker Fußknöchel muss etwas abbekommen haben. Ich schnappe sie mir!«

Mona wollte die Verbrecherin auf keinen Fall entkommen lassen, Christin Warringa hatte innerhalb kurzer Zeit genug Unheil angerichtet. Gegenüber der Flüchtigen hatte sie zwei entscheidende Vorteile: Die Ermittlerin kannte die Insel – wenn auch nicht so gut wie ihr Kollege – und sie war eine passionierte Läuferin, die zudem nicht an einer Verletzung litt. Der verstauchte Knöchel würde die Täterin naturgemäß langsamer machen. Dies war allerdings ein zweischneidiges Schwert: Die Verwundung konnte sie aggressiver werden lassen – wie bei einem angeschossenen Raubtier, das in die Enge getrieben wird.

Wohin würde Christin Warringa laufen? Als Mona aus dem Haus stürmte, lief sie zunächst zu der Laterne, unter der sie die Frau zuletzt gesehen hatte. Dort befand sie sich allerdings nicht mehr, sie war in die Finsternis getaucht. Die Kommissarin verzog den Mund. Die Dunkelheit, die ihr selbst noch vor kurzem als Tarnkappe gedient hatte, wurde nun zum Vorteil für die Verfolgte. Gewiss, Christin Warringa konnte nicht schnell rennen, solange ihr Knöchel schmerzte. Aber das war gar nicht notwendig. Sobald sie sich in die Dünenlandschaft außerhalb der beleuchteten Wege begab, war keine hohe

Geschwindigkeit mehr erforderlich. Es war jetzt so finster, dass man buchstäblich nicht die Hand vor Augen sehen konnte. Sie hätte sich zwei Meter neben Mona befinden können, ohne eine Entdeckung befürchten zu müssen. Natürlich konnte die Ermittlerin ihre Taschenlampe einschalten, aber dies war nicht ohne Risiko. Christin Warringa hatte ihre Gewaltbereitschaft bereits bewiesen. Und sobald Mona mit einer hell leuchtenden Taschenlampe durch die Dünen irrte, war sie ein erstklassiges Ziel für eine Schützin in der Dunkelheit.

Sie beschloss, es trotzdem zu riskieren – wenn auch nur für einen Moment. Mona drehte sich halb um die eigene Achse, wobei sie sich auf ihr Bauchgefühl verließ. *Wenn das Oltbeck wüsste*, dachte sie. Ihr Vorgesetzter hielt überhaupt nichts von Instinkt, Intuition und ähnlichen Begriffen – ob sie nun mit i begannen oder nicht. Sie ließ kurz die Lampe aufblitzen. Und sie hatte sich nicht getäuscht. Fünf oder sechs Meter von ihr entfernt versuchte Christin Warringa, eine Düne zu erklimmen. Sie wurde offenbar von dem plötzlichen grellen Licht kurz geblendet. Trotzdem feuerte sie auf Mona. Die Kommissarin warf sich zu Boden, rollte ab und schaltete die Lampe wieder aus. Ihr Herz raste, aber sie war unverletzt. Auch ihre Lichtquelle hatte nichts abbekommen. Nun war Mona im Vorteil. Würde die Verbrecherin weiter versuchen, auf die andere Seite der Düne zu gelangen? So bewegte sie sich immerhin von der Kriminalistin weg. Zumindest glaubte sie das.

Doch Mona änderte nun ihre Richtung, schlug einen weiteren Bogen und gelangte auf einem flacheren Weg zum obersten Teil der Düne. Dort legte sie sich auf den Bauch und wartete. Ob sie sich verkalkuliert hatte? Wie schnell konnte Christin Warringa hierhergelangen, wenn sie mit einem verletzten Knöchel die Steigung bewältigen wollte? Oder hatte sie inzwischen ihren Weg geändert, und die Kommissarin verschwendete nur ihre Zeit? Als sie schon ihre Position verlassen wollte, hörte sie ein unterdrücktes Keuchen. Die Verbrecherin bewegte sich tatsächlich auf sie zu. Mona hielt unwillkürlich den Atem an, um sich auf keinen Fall zu verraten. Es musste schnell gehen, wenn sie ihre Widersacherin überrumpeln wollte. Allmählich hatte die Kommissarin sich ein wenig an die sie umgebende Finsternis gewöhnt. Sie konzentrierte sich auf die Geräusche und Gerüche, denen sie momentan mehr vertrauen konnte als ihren Augen. Ein Windstoß wehte einen exquisiten Parfümduft zu ihr hin. Mona grinste. Als die Verbrecherin dieses teure Wässerchen aufgelegt hatte, ahnte sie gewiss noch nicht, dass sie Stunden später von einer Polizistin verfolgt werden würde.

Mona knipste erneut die Taschenlampe an. Die Täterin befand sich schon in ihrer Nähe. Die Kommissarin konzentrierte sich auf die Pistole in Christin Warringas Hand. Sie schlug mit der Lampe auf das Gelenk der Verbrecherin. Diese schrie auf, damit hatte sie nicht gerechnet. Ihre Finger erschlafften, Mona konnte ihr die Waffe entwinden.

»Sie sind verhaftet!«, rief sie. Aber erst, als die Arme der Verbrecherin mit Handschellen gefesselt wurden, fühlte sie sich wirklich erleichtert.

Kapitel 13

Am nächsten Morgen ließ Mona es ruhig angehen. Die Nacht für sie war ohnehin kurz gewesen. Christin Warringa hatte unter Polizeibegleitung ins Stadtkrankenhaus geschafft werden müssen, wo ihr Fuß- und Handgelenk untersucht wurden. Doch beide Verletzungen ließen sich mit einem Verband und einer Salbe gut behandeln, so dass aus ärztlicher Sicht nichts gegen eine Nacht in der Arrestzelle sprach.

Das hatten wir auch noch nicht, dachte die Kommissarin, zwei Verdächtige, *die miteinander verheiratet sind und Wand an Wand im Polizeigewahrsam verbringen.*

Die eigentlich gute Nachricht – außer Christin Warringas Verhaftung – bestand darin, dass Aafkes Verletzung nicht lebensbedrohlich war. Oder wie Enno es ausgedrückt hatte: »Sie selbst würde wohl sagen, dass Inselfriesinnen einen harten Schädel haben.«

Trotzdem war sie bewusstlos gewesen, und damit war in ihrem Alter nicht zu spaßen. Daher musste sie über Nacht zur Beobachtung im Borkumer Krankenhaus bleiben, nachdem ihre Kopfwunde versorgt worden war. Die Befragung wollten die Kriminalisten auf den nächsten Tag verschieben, der soeben angebrochen war. Mona hatte mit ihrer Dogge Rufus die übliche morgendliche Hunderunde gedreht und erschien pünktlich auf der Wache.

»Moin, Oltbeck will uns gleich sehen.«

Mit diesen Worten wurde sie von ihrem Kollegen empfangen. Auch der Oberkommissar war äußerst erfreut darüber, dass es Aafke Warringa den Umständen entsprechend gar nicht schlecht ging. *Mit der Aufklärung des Mordes an Knapp sind wir allerdings noch gar nicht weitergekommen,* dachte Mona selbstkritisch. Sie hoffte, dass die Befragung der Verdächtigen neue Erkenntnisse bringen würde. Vielleicht war ja Christin Warringa selbst die Mörderin des Krimibloggers? Die Kommissarin interessierte sich jedenfalls brennend dafür, dass Knapp sie vor seinem Tod angerufen hatte. Ob er ihre wahre Identität kannte? Davon ging die Kriminalistin stark aus, denn er hatte ja den Strafprozess verfolgt, bei dem zahlreiche Fotos vom angeblichen Todesopfer zu sehen gewesen sein dürften. Mona konnte sich jedenfalls nicht vorstellen, warum sie sich unter ihrem falschen Namen Paula Nägeli an ihn herangemacht haben sollte.

Die Ermittler gingen zum Chef und erstatteten Bericht über den Verlauf der vergangenen Nacht. Oltbeck kam aus dem Kopfschütteln nicht heraus: »Das ist ja wirklich eine unglaubliche Geschichte! Und Sie sind sicher, dass wir es mit der angeblich Ermordeten zu tun haben?«

»Auf jeden Fall ist ihr Schweizer Pass falsch«, erwiderte Enno, »den habe ich mir nämlich schon heute Morgen aus dem Hotel geholt. Es ist keine besonders gute Imitation, jedenfalls nicht für Polizistenaugen. Aber Lisa Heuer hat an dem Dokument keinen Anstoß genommen.«

»Schön, dann können wir Christin Warringa die Verwendung von falschen Personalpapieren nachweisen«, stellte der Vorgesetzte fest, »aber ich sehe immer noch kein Motiv für den Mord an Knapp.«

»Die Dame hat auf mich geschossen, also kommt auch noch Angriff auf eine Polizeibeamtin hinzu«, erinnerte Mona, »außerdem würde es mich wundern, wenn sie ihre Waffe auf legalem Weg erworben hätte. Und was den Tod des Bloggers angeht: Er könnte von ihrem inszenierten Tod gewusst und sie erpresst haben. Es muss ihr ein Dorn im Auge gewesen sein, dass Warringa freigesprochen wurde. Es bestand ständig die Gefahr, dass dieses Lügengebilde wie ein Kartenhaus in sich zusammenfällt.«

»Meiner Meinung nach kommen sowohl Warringa als auch seine Frau als Mordverdächtige infrage«, verkündete Oltbeck, »finden Sie heraus, warum Christin Warringa ihren Ehemann hinter Gitter gebracht hat und ihren Tod vortäuschen wollte!«

Wenn es weiter nichts ist, dachte die Kommissarin ironisch, nachdem die kurze Unterredung beendet war. Zu ihrem Kollegen sagte sie: »Glaubt der Chef eigentlich, wir würden nur Däumchen drehen? Immerhin haben wir schon eine gefährliche Verbrecherin aus dem Verkehr gezogen, die ich mir jetzt zu gern vorknöpfen würde!«

Doch daraus wurde nichts, denn Christin Warringa hatte nach einem Anwalt verlangt. Sie weigerte sich, mit den Kriminalisten zu sprechen, bevor sie sich mit einem Strafverteidiger beraten konnte. Das war natürlich ihr gutes Recht.

»Lass uns schauen, wie es Aafke geht«, schlug Enno vor, »sie wird uns hoffentlich verraten können, was ihre Schwiegertochter gestern Abend bei ihr gewollt hat.«

»Hoffen wir, dass sie auskunftsfreudig ist«, gab seine Kollegin zurück. Sie war nicht besonders zuversichtlich, denn die alte Frau würde nach Monas Ansicht gewiss nicht ihren eigenen Sohn ans

Messer liefern. Und wenn die Eheleute Warringa ein Geheimnis miteinander teilten, das nicht ans Licht der Öffentlichkeit gelangen durfte, dann deutete dies zumindest auf eine Straftat hin. Aber was für eine Rolle spielte Jessica Liebig in diesem undurchsichtigen Spiel? Die Ermittler begaben sich zum Borkumer Stadtkrankenhaus, das sich in der Gartenstraße befand. Dort kamen sie gerade rechtzeitig, um einen Wortwechsel zwischen Aafke Warringa und Dr. Siemers aufzuschnappen.

»Und ich sage Ihnen, dass ich gesund wie ein Pferd bin!«, beharrte die Seniorin.

»Sie müssen sich zumindest in den nächsten Tagen schonen und so oft wie möglich hinlegen«, gab der junge Arzt mit erzwungener Ruhe zurück.

»Das kann ich auch noch machen, wenn ich tot bin«, lautete die Antwort. Die Tür des Krankenzimmers stand weit offen, daher traten die Kommissare einfach ein. Aafke Warringa war bereits komplett angezogen und schien es kaum erwarten zu können, das Hospital zu verlassen. Bis auf einen Kopfverband und einen etwas blassen Teint deutete nichts darauf hin, dass sie noch vor wenigen Stunden bewusstlos auf ihrem Küchenboden gelegen hatte. Der Mediziner hatte ein Klemmbrett bei sich, das mit einem Dokument versehen war.

»Wenn Sie hier unterschreiben, dann verlassen Sie das Krankenhaus gegen ausdrücklichen ärztlichen Rat«, verdeutlichte er.

»Nichts lieber als das.«

Mit diesen Worten kritzelte Aafke Warringa ihren Namen auf das Papier. Dr. Siemers nickte den Kriminalisten zu: »Moin, ich muss mich jetzt um Patienten kümmern, die mich wirklich brauchen.«

Er schloss die Tür von außen.

Aafke sagte: »Ich danke euch für die Rettung gestern Nacht – aber falls ihr glaubt, dass ich hierbleibe, dann seid ihr schiefgewickelt. Diese Doktoren meinen immer, sie wüssten alles … aber ich kenne meinen alten Schädel. Der ist wieder in Ordnung, abgesehen von ein wenig Kopfschmerzen.«

»Wir Inselfriesen sind eben unverwüstlich«, meinte Enno schmunzelnd und fügte hinzu: »Wir wollen hauptsächlich mit dir über Christin sprechen.«

»Ich bin aus allen Wolken gefallen, als diese falsche Schlange plötzlich vor mir stand«, erwiderte die Seniorin, »im ersten Moment freute ich mich sogar, weil sich nun endgültig beweisen ließ, dass Jörn seine Frau gar nicht getötet hatte – aber bevor ich fragen konnte, wo sie die ganze Zeit über gewesen ist, hielt sie mir eine Pistole an den Kopf!«

»Wie ging es dann weiter?«

»Sie fragte, wo Jörn sei, Mona. Ich blieb bei der Wahrheit und sagte, dass ihr ihn mit auf die Wache genommen hättet. Das schien Christin gar nicht zu gefallen. Sie fragte nach einem Versteck, in dem er sein ‚Zeug' aufbewahren würde. Ich wusste nicht, wovon sie sprach. Das sagte ich ihr auch. Aber sie wurde richtig sauer. Na, ihr kennt mich. Ihr wisst, dass ich mir nichts gefallen lasse. Schon gar nicht von dieser Ziege. Ich war immer schon überzeugt davon, dass sie meinen Sohn nicht wirklich liebt. Jedenfalls versuchte ich, ihr die Waffe abzunehmen. Das hat ja nun leider nicht ganz geklappt.«

Aafkes beherzter Gegenangriff hätte sie das Leben kosten können – ob ihr dies bewusst war? Mona verzichtete jedenfalls auf eine Moralpredigt, die bei der robusten Seniorin ohnehin auf taube Ohren gestoßen wäre. Stattdessen fragte sie: »Was könnte denn mit diesem ‚Zeug' gemeint sein?«

»Das weiß ich nicht«, behauptete Aafke. »Meinetwegen könnt ihr gern mein Haus durchsuchen, ich habe nichts zu verbergen.«

Die Kommissarin versuchte, das Verhältnis zwischen Mutter und Sohn zu ergründen. Für sie stand fest, dass Jörn Aafke liebte. Falls er wirklich Dreck am Stecken hatte – würde er dann seine Mutter in Gefahr bringen, indem er sie in seine Machenschaften hineinzog? Dies kam Mona extrem unwahrscheinlich vor. Wenn er wirklich sein ‚Zeug' nach Borkum geschafft hatte – dann würde er es vermutlich ohne das Wissen seiner Mutter im Haus deponiert oder es anderswo versteckt haben.

»Wie oft hat Jörn dich eigentlich besucht, bevor er verhaftet wurde?«

Die Kriminalistin versuchte, ihre Frage möglichst unverfänglich klingen zu lassen. Aafke zuckte mit den Schultern: »Darüber habe ich nicht Buch geführt, aber ein oder zwei Mal im Monat bestimmt.«

»War Christin stets dabei?«

Die Seniorin schüttelte den Kopf: »Nein, sie findet das Inselleben angeblich sterbenslangweilig. Das ist ein weiterer Grund, weshalb ich mit dieser Schwiegertochter nichts anfangen konnte. Ich bin ja für die Hochzeit nach Hamburg gereist, aber die Großstadt ist wirklich nichts für mich. Ich habe drei Kreuze gemacht, als die Fähre wieder in den Borkumer Hafen einlief. - Jörn ist immer für ein Wochenende bei mir geblieben und ist sonntagabends zurückgefahren, damit er montags in Hamburg wieder arbeiten konnte.«

Nun meldete sich Enno zu Wort, der das Zwiegespräch zwischen den beiden Frauen bisher schweigend verfolgt hatte: »Wir brauchen deine Hilfe, Aafke. Wenn wir die Unschuld deines Sohnes beweisen und Christin zur Verantwortung ziehen sollen, müssen wir Beweise finden. - Ist dir bei den letzten Kontakten zu Jörn vor seiner Festnahme etwas Ungewöhnliches an ihm aufgefallen? Jeder noch so kleine Hinweis kann wichtig sein.«

Die Seniorin schien nachzudenken, dann antwortete sie: »Das hat bestimmt nichts zu bedeuten … einmal fragte Jörn mich, was ich über Caspar Brungs wüsste.«

»Den Kunstmaler?«

»Genau den meine ich, Enno! Aber Caspar ist doch schon über hundert Jahre tot, er starb lange vor meiner Geburt. Ich wunderte mich darüber, dass mein Sohn sich plötzlich für ihn interessierte. Aus Gemälden hat er sich früher nie viel gemacht. Ich hakte nach und er meinte, dass ihn in Hamburg ein Kunde auf diesen Borkumer Künstler angesprochen hätte. Das mag ja sein, aber ich bin auch keine Expertin. Ich weiß nur, dass ein paar von seinen Bildern im Heimatmuseum hängen müssten. Das habe ich Jörn auch gesagt.«

Mona schaute ihren Kollegen an. Sie kannte den Oberkommissar so gut wie kaum einen anderen Menschen auf der Welt. Und sie war sicher, dass Aafkes Worte bei ihm eine Überlegung ausgelöst hatten, die er so bald wie möglich unter vier Augen mit ihr teilen wollte. Zumindest hoffte sie, seinen Gesichtsausdruck richtig eingeschätzt zu haben.

Enno lächelte unverbindlich, machte eine einladende Bewegung und sagte: »Nun gut, vielleicht wurde Jörn ja wirklich in Hamburg auf diesen Borkumer Künstler angesprochen. Einen Zusammenhang mit unserem Fall sehe ich nicht. - Das wäre für den Moment alles, Aafke. Wenn du möchtest, dann chauffieren wir dich zu deinem Haus.«

»Das nehme ich gern an, von dieser Krankenhausluft wird mir noch ganz schlecht«, entgegnete die Seniorin. Auf der Fahrt zur Waterdelle saß Mona hinten im Auto und hing ihren Gedanken nach. Sie war keine Kunstkennerin, aber der Name Brungs sagte ihr etwas. Gab es nicht einen Souvenirshop in der Franz-Habich-Straße, dessen Besitzer diesen Nachnamen trug? Wahrscheinlich handelte es sich um eine alteingesessene Familie, von denen es auf der Insel einige gab – die

Warringas waren das beste Beispiel dafür, und auch die Molls konnten auf einen weitverzweigten Stammbaum zurückblicken.

Nachdem die Kommissare Aafke bei ihrem Zuhause abgesetzt hatten, hielt die Ermittlerin es vor Spannung nicht mehr aus: »Was hat es mit diesem Caspar Brungs auf sich, Enno? Du kamst mir nicht ganz ehrlich vor, als du vorhin sagtest, dass dieser Kunstmaler mit unserem Fall wohl nichts zu tun hätte.«

»Ich weiß selbst noch nicht genau, was es mit Caspar Brungs auf sich hat«, erklärte der Ostfriese, »fest steht, dass dieser Mann das Opfer eines ungeklärten Raubmords war, der sich vor über hundert Jahren auf Borkum ereignet hat.«

Kapitel 14

»Ein *Cold Case*?«, vergewisserte Mona sich. »Warum weiß ich davon nichts?«

»Wahrscheinlich, weil wir immer genug zu erledigen haben«, erwiderte Enno, während er den Automotor erneut startete, »wenn mal nichts zu tun ist, dann dürfen wir die alte Akte aus dem Archiv holen und uns an der Lösung des Rätsels versuchen. Zugegeben, auch ich habe mir daran bisher die Zähne ausgebissen. Es ist lange her, dass ich mich mit dem Mordfall befasst habe – damals kannten wir uns noch nicht. Ich hatte die Polizeiausbildung gerade erst hinter mich gebracht. Unser damaliger Dienststellenleiter wollte mir zeigen, was für verzwickte Ermittlungen sich auf Borkum ergeben können. Ja – auch ich bin auf keinen grünen Zweig gekommen.«

Da Enno jetzt kurz vor der Pensionierung stand, musste er damals Anfang zwanzig gewesen sein.

»Du hattest noch nicht die Erfahrung, über die du jetzt verfügst«, gab die Kommissarin zu bedenken.

»Vielen Dank für deine Anerkennung, aber vielleicht ist dieser Fall wirklich unlösbar«, meinte der Oberkommissar.

»So pessimistisch kenne ich dich ja gar nicht«, gab sie augenzwinkernd zurück, »ich kann mir die Akte ja selbst mal zu Gemüte führen. Oder – was mir lieber wäre – du gibst mir einen Überblick, während wir uns eine kleine Teepause genehmigen.«

»Du hast mich schon überredet«, erwiderte Enno lachend, »die wichtigsten Einzelheiten werde ich dir aus dem Gedächtnis vortragen können, denn ich habe im Lauf der Jahre immer wieder an diesen Mord denken müssen.«

Während ihres Gesprächs waren die beiden ins Ortszentrum zurückgefahren. Sie stellten den Dienstwagen bei der Wache ab. Mona und Enno beschlossen, ins *Lord Nelson* zu gehen, wo sie schon länger nicht mehr gewesen waren. Um elf Uhr vormittags hatte das beliebte Lokal gerade geöffnet, und sie bestellten ihren üblichen Ostfriesentee. Bei dem schönen Wetter wählten sie einen Tisch im Außenbereich, wo sie nebenbei das Kommen und Gehen auf der Bismarckstraße beobachten konnten. Nachdem sie mit der starken Assam-Mischung versorgt worden waren, begann Enno mit seiner Erzählung: »Caspar Brungs kam zur Malerei wie die Jungfrau zum Kind, wie man so schön sagt. Er wurde durch einen schweren Arbeitsunfall erwerbsunfähig. Er malte also Bilder, um sich etwas dazuzuverdienen. Je mehr er pinselte, desto besser wurden seine Gemälde, und bald konnte er das eine oder andere Werk an Urlauber verkaufen. Borkum war ja auch damals schon ein beliebtes Reiseziel. Brungs wählte Motive, die den Menschen gefielen: Möwen, der Strand, Leuchttürme, der Sonnenuntergang über der Nordsee. - Doch als eines Morgens seine Ehefrau das Atelier betrat, fand sie den Maler in seinem Blut liegend. Er war in der Nacht brutal erstochen worden.«

»Gab es Verdächtige? Hatte jemand etwas gegen ihn?«, fragte Mona aufgeregt.

»Es waren schwere Zeiten, vielen Leuten ging es dreckig«, unterstrich Enno und fügte hinzu: »Damit will ich kein Verbrechen rechtfertigen, aber die Einheimischen und Touristen bekamen natürlich mit, dass es Brungs trotz seiner Behinderung relativ gut ging. Von dem Erlös eines Bildverkaufs hätte eine sechsköpfige Familie damals einen Monat oder länger leben können. Und Brungs hatte nur zwei Kinder.«

»Apropos: Ist der Besitzer des Andenkenladens in der Franz-Habich-Straße eigentlich ein Nachfahre des Künstlers?«, warf Mona ein.

»Ja, das ist er tatsächlich«, antwortete Enno und kam auf seine Geschichte zurück: »Natürlich haben unsere Kollegen damals sofort die Ermittlungen aufgenommen. Borkum hatte noch nicht so viele Einwohner wie heutzutage, und es gab auch weniger Hotels, Pensionen und ‚Fremdenzimmer', wie man Privatunterkünfte damals nannte. Aber es war wie verhext. Entweder fanden sich keine Tatzeugen oder die Leute hatten Angst davor, den Mund aufzumachen. Immerhin stand bald fest, dass es sich um einen Raubmord handeln musste. Brungs hatte zehn britische Silbermünzen besessen, die ziemlich viel wert waren. Außerdem fehlten drei seiner Gemälde. Er führte nämlich penibel Buch darüber, welche seiner Werke er verkauft hatte, zu welchem Preis und an wen. Der Täter hatte einige Bilder im Atelier stehen gelassen – vermutlich, weil sie zu sperrig waren. Bei den gestohlenen Gemälden muss es sich um kleinere Exemplare gehandelt haben, die sich leicht verstecken ließen – zum Beispiel in einem Koffer oder einem Sack.«

»Und weder die Münzen noch die Bilder sind später wieder aufgetaucht?«, fragte die Kommissarin. Ihr Kollege schüttelte den Kopf: »Nein, wobei von den Gemälden immerhin die Titel erhalten geblieben sind. Wie gesagt, der Maler trug sie in seine Kladde ein. Wenn sie verkauft worden wären, hätte er den Preis und die Namen der

Käufer hinzugefügt. Ich glaube, die Bilder hießen ‚Abendstimmung am Seerosenteich‘, ‚Blondes Fräulein am Hafen‘ und ‚Borkumer Weihnachtsabend‘. Die genauen Titel stehen auf jeden Fall in der Akte.«

»Du fragst dich doch bestimmt ebenfalls, warum Warringa sich für diesen Maler interessiert hat, Enno.«

»Wie alle alteingesessenen Borkumer weiß er natürlich über den Mord Bescheid, der bis heute nicht aufgeklärt ist«, erwiderte der Oberkommissar, »es könnte in Hamburg einen Hinweis gefunden haben, der die Ermittlungen vorantreiben würde – wobei der oder die Mörder inzwischen schon längst nicht mehr leben dürften. Selbst wenn sie zur Tatzeit Jünglinge waren, müssten sie inzwischen weit über hundert Jahre alt sein.«

»Ob der Nachfahre des Malers uns mehr dazu sagen kann?«, dachte Mona laut nach.

»Einen Versuch ist es wert«, erwiderte Enno. Dann fuhr er fort: »Brungs’ Witwe verkaufte die übrigen Gemälde und vermietete das Atelier als Lagerraum. Das Gebäude wurde später abgerissen. Die Söhne schienen keine künstlerische Ader mehr zu haben. Der eine ging zur See, der andere wurde Knecht auf einem Bauernhof im Ostland. Tamme Brungs, dem der Souvenirshop gehört, stammt übrigens von dem Seemann ab, dessen Vater damals so plötzlich aus dem Leben gerissen wurde.«

»Vielleicht verrennen wir uns in eine Sackgasse, und Jörn Warringa hatte einfach nur seine Vorliebe für Heimatkunde entdeckt«, befürchtete die Ermittlerin.

»Das ist schon möglich – aber bevor wir uns anderen Dingen zuwenden, sollten wir auf jeden Fall mit Tamme Brungs reden«, schlug Enno vor. Nachdem sie ausgetrunken und bezahlt hatten, gingen die beiden zu dem Andenkenladen hinüber, der vom *Lord Nelson* aus innerhalb weniger Minuten zu Fuß erreichbar war. Die Franz-Habich-Straße war durch zahlreiche Einzelhandelsgeschäfte und Gastronomie geprägt. Sie begann am Inselbahnhof, so dass neu ankommende Urlauber direkt die Angebote dieser Flaniermeile entdecken konnten. Tamme Brungs war ein stämmiger Mann mit grauem Haar und einem kurz gestutzten Vollbart. Natürlich kannte er die Kommissare, weil sie üblicherweise Jagd auf Taschendiebe machten und daher öfter auch in seinem Laden vorbeischauten.

»Moin, ihr beiden!«, begrüßte er sie fröhlich. »Sind wieder Klauböcke unterwegs, die ihr dingfest machen wollt?«

»Nee, heute geht es um etwas ganz anderes«, begann Enno und fuhr fort: »Bei einer Ermittlung sind wir auf den Namen deines Vorfahren Caspar Brungs gestoßen.«

Der Ladenbesitzer hob die Augenbrauen, er wirkte überrascht: »Habt Ihr etwa den Mord an meinem Ahnen aufklären können?«

»Bisher leider noch nicht«, gab Mona zurück, »wir hatten gehofft, dass du uns etwas mehr über sein Werk und die Umstände seines Todes sagen kannst.«

»Diese Ereignisse haben sich lange vor meiner Geburt abgespielt, und in meiner Familie war immer nur die Rede davon, dass der alte Caspar keiner Fliege etwas zuleide tun konnte«, sagte Tamme Brungs, »wir sind immer davon ausgegangen, dass ihn Neidhammel auf dem Gewissen haben. - Immerhin ist es ein Trost, dass seine Kunst auch nach so vielen Jahren nicht vergessen ist. Es scheint, als ob er sogar in den Fachkreisen wiederentdeckt wurde.«

Tamme Brungs trat zur Seite und deutete auf ein Ölgemälde, das hinter seiner Verkaufstheke an der Wand hing. Es zeigte einen Dreimaster mit zerrissenen Segeln. Das Schiff trotzte in schwerer See den Elementen. Er fügte hinzu: »Dies ist das einzige Werk meines Vorfahren, das ich noch besitze. Vor ein paar Monaten bekam ich Besuch von einem Berliner Kunsthändler. Ihr werdet nie erraten, wie viel er mir für dieses Bild zahlen wollte.«

Die Kommissare schauten ihn fragend an.

»Spann uns bitte nicht länger auf die Folter«, bat Mona.

»Sage und schreibe zwanzigtausend Euro!«, erklärte Tamme Brungs. In seiner Stimme schwang Stolz mit, als er weitersprach: »Im ersten Moment glaubte ich, dass der Mann mich auf den Arm nehmen wollte. Er beteuerte, dass mein Ahnherr ein genialer Maler im Übergang vom Naturalismus zum Impressionismus gewesen sei – oder so ähnlich. Ich verstehe nichts von diesen Dingen, ich verkaufe Souvenirs. Und ich teilte ihm mit, dass mein ‚Dreimaster vor Borkum‘ unverkäuflich sei, es handelt sich schließlich um ein Familienerbstück. Der Händler schien enttäuscht, ließ mir aber seine Visitenkarte hier. Später habe ich im Internet mal nach anderen Bildern meines Vorfahren Ausschau gehalten. Sie werden zu wirklich hohen Preisen gehandelt, das hätte ich nie für möglich gehalten.«

»Manche Kunstwerke werden scheinbar wie Aktien gehandelt und als Wertanlage betrachtet«, meinte Enno. Seine Kollegin hatte eine Idee: »Bei dem Raubmord vor über hundert Jahren wurden deinem Ahnen nicht nur Silbermünzen, sondern auch drei Gemälde entwendet, richtig? Wenn sie jetzt wieder auftauchen würden, dann gehörten sie dir.«

Tamme Brungs zuckte mit den Schultern: »Wahrscheinlich ja, ich bin ja in der direkten Erblinie. Aber wie wahrscheinlich ist es, dass ich sie jemals zu Gesicht bekomme? Entweder sind sie längst zerstört oder sie hängen bei einem Privatsammler im Wohnzimmer.«

»Könnten wir die Visitenkarte dieses Berliner Kunsthändlers bekommen?«

»Sicher, Enno. Ich besitze nur das Bild hier hinter mir, und ich werde es behalten.«

Mit diesen Worten zog Tamme Brungs eine Schublade auf, kramte darin herum und gab dem Oberkommissar die Visitenkarte. Die Kriminalisten bedankten sich für die Auskünfte und verließen den Andenkenladen.

Monas dachte laut nach: »Weißt du, was ich glaube? Bei dem ‚Zeugs', auf das Christin Warringa so scharf ist, dürfte es sich um die drei verschollenen Brungs-Bilder handeln. Ihr Ehemann könnte sie während seiner Tätigkeit als Stuckateur gefunden und sich unter den Nagel gerissen haben. Als gebürtiger Borkumer wusste er, dass Caspar Brungs damals getötet und beraubt wurde. Und um den Wert von Brungs-Kunstwerken einzuschätzen, muss man kein Experte sein. Dafür reicht eine kurze Recherche im Internet – schau mal!«

Sie hatte auf ihrem Smartphone den Begriff »Caspar Brungs Gemälde« eingegeben und präsentierte ihrem Kollegen das Ergebnis. Enno setzte seine Brille auf, dann pfiff er durch die Zähne: »Das günstigste Bild kostet siebentausend Euro?«

Mona schlug augenzwinkernd vor: »Diese Summe scheint dir auf den Magen zu schlagen, wir sollten ohnehin einen Happen essen, bevor es mit den Verhören am Nachmittag losgeht. Wer weiß, wann wir wieder etwas zwischen die Kauleisten bekommen!«

Sie wusste aus Erfahrung, dass ihr Kollege zu Höchstleistungen auflief, wenn er etwas im Bauch hatte. Abgesehen davon war es inzwischen wirklich Mittagszeit. Da sie sich schon in der Franz-Habich-Straße befanden, gingen die Kommissare in ihr Stammlokal *Knurrhahn*.

»Also hat Christin ihren Ehemann wegen ein paar wertvollen Gemälden hinter Gitter gebracht?«, rätselte der Ostfriese. Seine Kollegin nickte: »Ja, sie hat wahrscheinlich zwei Fliegen mit einer Klappe geschlagen - sie konnte nicht nur ihren ungeliebten Jörn loswerden, sondern hätte auch mit dem Erlös des Bildverkaufs ein neues Leben anfangen können.«

»Grundsätzlich würde ich dir zustimmen, Mona – wobei *hätte* das entscheidende Wort in deinem letzten Satz ist. Die Geschichte hat nämlich einen Schönheitsfehler: Christin weiß nicht, wo die Bilder sind. Aus diesem Grund wird sie ihrer Schwiegermutter auf die Bude gerückt sein und sie ausgeknockt haben.«

Die Ermittlerin nickte und stellte fest: »Falls sich die Gemälde in dem Warringa-Haus befinden, werden die Kriminaltechniker sie entdecken. Lass uns doch gleich Nägel mit Köpfen machen.«

Mona zog ihr Smartphone hervor und rief Oltbeck an.

»Frau Warringa hat uns mündlich gestattet, ihr Haus zu durchsuchen. Schicken Sie bitte die Kriminaltechniker dorthin. Sie sollen nach Bildern Ausschau halten, die mit dem Namen Caspar Brungs signiert sind.«

»Ist das nicht dieser Borkumer Künstler, der vor einer halben Ewigkeit ermordet wurde?«

»Richtig, Herr Oltbeck. Herr Moll und ich hoffen, dass diese Gemälde wichtige Beweisstücke bei unserem aktuellen Fall sind.«

»Was für Geräusche höre ich da übrigens im Hintergrund?«, fragte der Chef misstrauisch. »Sind Sie in einem Lokal? Machen Sie etwa jetzt schon Mittagspause, wo Sie so eine wichtige Ermittlung voranbringen müssen?«

»Ich verstehe Sie ganz schlecht!«, rief Mona. »Die Verbindung taugt nichts ...«

Sie beendete den Satz nicht, sondern legte einfach auf.

»Hatte er wieder etwas zu meckern?«, wollte Enno lächelnd wissen. Seine Kollegin zuckte mit den Schultern: »Ich bin ja in der Gewerkschaft. Die wird Oltbeck schon was husten, wenn er uns die gesetzlich vorgeschriebenen Pausenzeiten madig machen will.«

Nun war das Essen fertig, und die beiden machten sich hungrig darüber her. Nachdem sie aufgegessen und gezahlt hatten, kehrten sie zur Wache zurück.

»Bevor wir Christin und Jörn Warringa befragen, möchte ich mir gern Jessica Liebig noch einmal zur Brust nehmen«, verkündete Mona,

»ich bin zu gespannt, wie sie auf die Wiederauferstehung ihrer angeblichen Busenfreundin reagiert.«

Doch bevor sie mit der Frau Kontakt aufnahm, rief die Kommissarin endlich beim Hamburger Polizeipräsidium an. Sie wollte mehr Details über den Mordfall Christin Warringa erfahren. Außerdem wussten die Kollegen an der Elbe gewiss noch nicht, dass das Opfer sich lebend auf Borkum in Haft befand. Es dauerte eine Weile, bis Mona mit Hauptkommissar Reimers verbunden wurde. Sie stellte sich mit Namen und Dienstgrad vor und fragte: »Sie haben in dem Mordfall Christin Warringa ermittelt?«

»Richtig, Frau Sander.«

»Wir haben die Dame verhaftet, sie hat auf mich geschossen. Außerdem ist sie Verdächtige in einem Mordfall, der sich auf unserer Insel zugetragen hat.«

Nach diesen einleitenden Worten gab sie dem Hamburger Kollegen eine Kurzfassung der bisherigen Ereignisse. Es schien ihm die Sprache verschlagen zu haben. Nach einer kurzen Pause erwiderte er: »Das sind ja bemerkenswerte Neuigkeiten. Sie müssen uns jetzt für komplette Dilettanten halten, weil wir auf Christin Warringa hereingefallen sind. Können Sie mir denn schon etwas zur Motivlage sagen?«

Mona antwortete: »Wahrscheinlich wäre ich der Frau ebenfalls auf den Leim gegangen. - Ich rufe Sie heute hauptsächlich an, weil ich mich für das Verhältnis zwischen Christin Warringa und Jessica Liebig interessierte. Letztere ist momentan übrigens auch auf Borkum. Wir rätseln darüber, ob sie mit der ‚lebenden Toten' unter einer Decke steckt.«

»Jessica Liebig kam uns immer unehrlich vor«, gestand Reimers. »Ich konnte nie wirklich einschätzen, ob sie den Ehemann einfach nur anschwärzen wollte oder ob ihre Behauptungen Hand und Fuß hatten. Falls Jörn Warringa gewalttätig gegenüber seiner Ehefrau war, ist dies nirgendwo dokumentiert. Es gibt keine Krankenhausberichte, auch keine Personen in der Nachbarschaft, die Christin Warringa jemals mit blauen Flecken oder Abschürfungen gesehen hätten. Ich weiß natürlich, dass manche Gewalttäter sehr raffiniert vorgehen. - Wie auch immer, die Staatsanwaltschaft wollte auf eine solche Wackelkandidatin im Zeugenstand lieber verzichten. Dass der Ehemann freigesprochen wurde, werden Sie ja mitbekommen haben.«

»Ja, Herr Reimers. Allerdings haben wir ihn ebenfalls in Haft genommen, er ist erneut mordverdächtig. Diesmal geht es um Oliver Knapp.«

»Knapp ist mir ein Begriff, er ließ ja im Internet weder an der Polizei noch an der Staatsanwaltschaft ein gutes Haar – Sie gehen davon aus, dass das Ehepaar Warringa ihn gemeinsam umgebracht hat?«

»Wir tappen noch im Dunkeln«, musste Mona zugeben, »beide hätten jedenfalls ein Motiv: Warringa wegen Knapps Hetzkampagne gegen ihn – und Christin wurde vielleicht von ihm erpresst, falls er von ihrem inszenierten Tod wusste. War Ihnen eigentlich bekannt, dass Jessica Liebig und Knapp ein Liebespaar waren, Herr Reimers?«

»Nein, und das kann ich kaum glauben. Wir haben Jessica Liebig mehrfach auch in ihrer Wohnung aufgesucht und sie nach Leumundszeugen gefragt. Daraufhin nannte sie uns drei Ex-Freunde, mit denen wir sprachen. Sie sind alle vom äußeren Erscheinungsbild Oliver Knapp überhaupt nicht ähnlich. Wir sprechen also über große, muskulöse und blonde Männer. Sie müsste ihren Geschmack schon völlig umgekrempelt haben, um sich für Knapp zu erwärmen.«

Oder es gab eher eine Art Geschäftsbeziehung zwischen Jessica und Knapp, ging es der Kommissarin durch den Kopf. Sie wollte noch auf etwas anderes hinaus: »Wie wurde Jessica Liebig denn von ihren Ex-Freunden eingeschätzt?«

»Als sprunghaft, chaotisch und unzuverlässig. Übrigens wusste keiner dieser Männer von einer Freundschaft zwischen Jessica und einer Frau namens Christin zu berichten. Also wurde diese Beziehung entweder geheim gehalten oder war frei erfunden. Aber wir konnten uns keinen Reim darauf machen, warum Jessica Liebig dies hätte tun sollen. Sie redete sich damit heraus, dass Christin selten Zeit gehabt hätte, weil ihr Ehemann so eifersüchtig gewesen sei. Daher hätten sie und Jessica einander immer nur kurz und an geheimen Orten treffen können. Das Gegenteil ließ sich nicht beweisen, und Christin Warringa war ja wirklich wie vom Erdboden verschluckt. - Bitte teilen Sie mir unbedingt mit, wo sie sich während der letzten Monate verkrochen hat!«

»Das werde ich tun«, versprach Mona. Dann fragte sie: »Ist Jessica Liebig in irgendeiner Form berufstätig?«

»Nein, sie hat eine abgebrochene Friseurinnenausbildung vorzuweisen und wird als arbeitssuchend geführt«, antwortete der Hamburger Kollege.

Und trotzdem hat sie Zeit und Geld für einen Borkumurlaub?, dachte Mona. Sie hatte bereits wahrgenommen, dass Jessica Liebigs Garderobe eher höherpreisig war. Entweder lebte sie über ihre Verhältnisse oder sie hatte andere Einnahmequellen neben den Sozialleistungen. Oder beides. Die Ermittlerin bedankte sich zunächst bei Hauptkommissar Reimers und versprach, mit ihm in Kontakt zu bleiben. Dann legte sie den Hörer auf. Sie hatte registriert, dass Enno während ihres Gesprächs ebenfalls mit Telefonieren beschäftigt gewesen war.

»Mit wem hast du Kontakt aufgenommen?«, wollte sie wissen.

»Mit Burkhard Frese. Das ist der Berliner Kunsthändler, der sich vor einiger Zeit extra wegen Caspar-Brungs-Gemälden nach Borkum begeben hat«, erklärte Enno und fügte lächelnd hinzu: »Er hielt mich erst für einen Besitzer eines Brungs-Bildes, aber diesen Zahn musste ich ihm leider ziehen. Aber er konnte mir etwas Hochinteressantes berichten: Ein potentieller Verkäufer hat sich bei ihm gemeldet und erklärt, drei unbekanntere Bilder von Brungs zu besitzen: ‚Abendstimmung am Seerosenteich', ‚Blondes Fräulein am Hafen' und ‚Borkumer Weihnachtsabend'.«

»Ach, nee!«, rief Mona. »Und der Mann hieß vermutlich Jörn Warringa!«

»Jetzt hast du mir die Pointe verdorben«, erwiderte der Ostfriese lächelnd.

Kapitel 15

Die Kommissare gingen zur *Pension Bollmann* in der Süderstraße. Natürlich hätten sie Jessica Liebig auch telefonisch vorladen können. Sie fanden es aber besser, die Verdächtige zu überrumpeln. So würde sie keine Gelegenheit haben, sich eine überzeugende Lüge zurechtzulegen. Dies war zumindest Monas Hoffnung. Von der Inhaberin des Beherbergungsbetriebs erfuhren sie, dass Jessica Liebig nicht anwesend war: »Sie fragte mich nach einer Strandbar. Ich habe ihr *Ria's Beach* empfohlen.«

Die Ermittler bedankten sich und gingen weiter Richtung Promenade, wo sich der beliebte Gastro-Treffpunkt in unmittelbarer Nähe zur Musikkuppel befand.

»Wenn sie sich die Kante gegeben hat, können wir ihre Aussage vergessen«, meinte Enno. Mona wusste natürlich auch, dass die Worte einer Verdächtigen unter Alkoholeinfluss nicht gerichtsverwertbar waren. Sie erwiderte: »Jessica muss uns nur auf die richtige Spur bringen. Wenn wir den Mord an Knapp erst beweisen können, dann wird sie sich in nüchternem Zustand noch einmal äußern müssen.«

»Es ist ja auch bemerkenswert, dass sie sich überhaupt noch auf Borkum befindet. Was hält sie hier?«, überlegte der Oberkommissar laut.

»Das ist eine gute Frage, die sollten wir ihr unbedingt stellen«, gab seine Kollegin zurück. Bei dem schönen Wetter waren alle Tisch im Außenbereich von *Ria's Beach* besetzt. In der vordersten Reihe gab es eine Reihe von Liegestühlen. Dort hatten die Gäste einen Panoramablick auf die Promenade, den Strand und die dahinter liegende Nordsee. Jessica Liebig saß allein an einem kleinen Tisch, einen bunten Cocktail vor sich. Und es schien nicht der erste zu sein. Ihre Zunge war jedenfalls schwer, als sie den Mund öffnete und anklagend auf die näher kommenden Kriminalisten zeigte: »Bleiben Sie mir bloß vom Leib, ich will nichts mit Ihnen zu tun haben!«

Einige Personen an den anderen Tischen schauten bereits neugierig herüber. Mona trat schnell neben Jessica Liebig, beugte sich herunter und zischte ihr ins Ohr: »Ich schlage vor, dass Sie Ihre Lautstärke mäßigen und hier keine Show mehr abziehen! Ihre Freundin Christin Warringa ist putzmunter, sitzt momentan allerdings in unserer Arrestzelle. Aber Sie wussten, dass sie lebt, oder? Ihrem Freund Knapp war es jedenfalls bekannt, denn er hat sie kurz vor seiner Ermordung angerufen!«

Jessica Liebig trug eine Sonnenbrille. Daher konnte die Kommissarin ihre Augenpartie nicht richtig sehen. Die Worte der Ermittlerin schienen jedenfalls zu ihr durchgedrungen zu sein. Sie deutete auf die freien Stühle an ihrem Tisch: »Ja, nehmen Sie doch bitte Platz.«

Sie sprach immer noch verwaschen, schien aber immerhin nüchtern genug zu sein, um den Ernst ihrer Lage zu erkennen. Einen konkreten Tatvorwurf konnten Mona und Enno ihr momentan noch nicht machen – abgesehen davon, dass sie wahrscheinlich gelogen hatte, was ihre Beziehung zu Knapp betraf. Doch die Kriminalistin war sicher, dass Jessica Liebig noch viel mehr wusste. Die Ermittler setzten sich. Als die Bedienung erschien, bestellten sie Mineralwasser. Nachdem die Getränke gebracht wurden, fragte Enno: »Seit wann wissen Sie, dass Christin Warringa am Leben ist?«

»Sie hat mich eingeweiht«, lautete die Antwort, »Christin wollte von ihrem tyrannischen Ehemann weg. Eine Scheidung wäre nicht infrage gekommen, Jörn hätte sie niemals in Ruhe gelassen. Es gab nur eine Möglichkeit: Sie musste ihren Tod inszenieren und dafür sorgen, dass er ins Gefängnis kam.«

»Und das war der einzige Grund für Christins Verschwinden?«, hakte Mona nach.

»Ja, und ich habe ihr dabei geholfen. Ich würde es wieder tun!«, gab Jessica Liebig trotzig zurück.

»Was sagt Ihnen der Name Caspar Brungs?«, wollte der Oberkommissar wissen.

»Nichts, den habe ich noch nie gehört!«

Dieser Satz kam für Monas Geschmack ein wenig zu schnell über die Lippen der Frau.

»Warum wollten Sie und Knapp unbedingt, dass Warringa wieder hinter Gittern landet?«

»Können Sie sich das nicht denken, Frau Sander? Dieser Mann ist dominant und besitzergreifend. Wir wollten Christin vor ihm beschützen.«

»Wenn es so war, wie Sie sagen – aus welchem Grund ist Christin Warringa nach Borkum gereist?«, fragte die Kommissarin. »Ihr muss doch klar gewesen sein, dass sie hier ihrem Ehemann oder ihrer Schwiegermutter über den Weg laufen konnte. Übrigens wurde Aafke Warringa gestern Abend von Christin niedergeschlagen. Außerdem hat

Ihre angebliche Freundin auf mich geschossen. Das hört sich für mich nicht nach einer Frau an, die sich ihrer Haut nicht wehren kann.«

Jessica Liebig presste die Lippen aufeinander. Sie spürte wohl allmählich, wie ihr die Felle davonschwammen. Nach kurzem Zögern behauptete sie: »Das kann ich mir nur dadurch erklären, dass Christin durch die Dauerbelastung völlig konfus im Kopf war. Sie ist eigentlich ein friedlicher Mensch.«

»Also ist Ihre Freundin auf die Insel gekommen, weil sie durcheinander war? Ist Ihnen bewusst, wie unglaubwürdig das klingt?«

»So war es aber, Herr Moll. Eine andere Erklärung habe ich nicht.«

»Jetzt reicht es mir aber!«, fauchte Mona und beugte sich vor. »Halten Sie uns für Volltrottel? Christin Warringa beschafft sich einen falschen Schweizer Pass und eine Schusswaffe, nur weil sie nicht alle Tassen im Schrank hat? Es drängt sich eher der Verdacht auf, dass sie ihren Ehemann umbringen wollte – nachdem sie bereits Knapp erledigt hat, der ein lästiger Mitwisser ihres Geheimnisses war.«

Die Worte der Kommissarin schienen Jessica Liebig zu schockieren – weil sie so weit danebenlag? Oder hatte sie erkannt, was tatsächlich geschehen war? Jessica Liebig schüttelte heftig den Kopf: »Nein, Sie irren sich. Christin wurde durch Warringas Haftentlassung völlig aus der Bahn geworfen!«

Sie schien unbedingt bei dieser Version bleiben zu wollen. Mona beschloss, momentan nicht weiter darauf herumzureiten. Stattdessen kam sie auf einen anderen Punkt zu sprechen: »Uns ist immer noch nicht klar, warum Sie sich hier aufhalten. Wie ich höre, haben Sie keinen Job und können vermutlich finanziell keine großen Sprünge machen.«

Jessica Liebig errötete, dann murmelte sie: »Mein Freund hat mich unterstützt, wenn Sie es unbedingt wissen müssen. Das ist ja wohl nicht verboten. Ich wollte bei Oliver sein, können Sie das nicht verstehen?«

Die Kriminalistin war wirklich davon überzeugt, dass Knapp auf der Anwesenheit seiner »Freundin« bestanden hatte – wenn auch wahrscheinlich aus anderen Gründen. Mona glaubte nicht an eine romantische Beziehung zwischen den beiden.

»Helfen Sie uns, die Dinge richtig einzuordnen«, bat Enno auf seine übliche gelassene Art. »Oliver Knapp wusste offensichtlich, dass Christin Warringa am Leben war.«

»Das stimmt, Herr Moll. Und genau wie ich war mein Freund davon überzeugt, dass ein brutaler Gewalttäter wie Christins Ehemann hinter Gitter gehört – auch wenn er keinen Mord begangen hat.«

Ob ihr bewusst ist, dass die Vortäuschung einer Straftat oder die Beihilfe dazu ebenfalls ein Verbrechen darstellt?, dachte Mona. Ihrer Meinung nach war Jessica Liebig nicht allzu clever. Diese Frau war vermutlich manipuliert worden, entweder von Christin Warringa oder von Oliver Knapp. Immerhin gelang es ihr, die Wahrheit zu verschweigen – vorausgesetzt, dass sie diese überhaupt gänzlich kannte. Davon war die Ermittlerin nämlich nicht überzeugt. Während ihr diese Überlegungen durch den Kopf schwirrten, fuhr der Ostfriese mit der Befragung fort: »Warum hatte Ihr Freund Christins Durchwahlnummer im *Hotel Heuer*?«

»Es erschien uns sinnvoll, dass sie telefonisch für ihn und mich erreichbar war. Christins Smartphone haben wir vernichtet, als wir ihren Tod vortäuschten.«

»Ich verstehe. Und wo hat sich Ihre Freundin versteckt, während unsere Hamburger Kollegen nach ihrer Leiche gesucht haben?«

»Oliver kannte einen lettischen LKW-Fahrer, der genau an dem Abend eine Ladung im Hafen abholen musste«, erklärte Jessica Liebig freimütig, »er spricht kaum Deutsch. Wir haben ihm erzählt, dass Christin Ärger mit einer anderen Frau hätte und schnell verschwinden müsste. Er scheint die Geschichte geglaubt zu haben, jedenfalls nahm er Christin mit nach Emden, wo er Fahrzeugteile ausliefern musste. Dort versteckte sie sich bei Olivers Großtante. Der alten Dame konnten wir weismachen, dass Christin einen langen Erholungsurlaub machen wollte. Sie vermietet ein Zimmer unter der Hand und war für einen Dauergast dankbar.«

Das kann ich mir lebhaft vorstellen, dachte Mona grimmig.

»Diese Großtante wird ein Festnetztelefon besitzen, so dass Sie mit Christin in Kontakt bleiben konnten«, vermutete Enno.

»Ja, wobei wir immer nur die wenigen Telefonzellen benutzten, die es noch gibt. Wir waren vorsichtig«, lautete die Antwort.

»Und wo besorgte sich Ihre Freundin die Schusswaffe und den falschen Schweizer Reisepass?«

»Das weiß ich nicht, Herr Moll.«

Ob dieser Satz der Wahrheit entsprach? Mona wusste, dass es in der Seehafenstadt Emden eine gewisse Unterwelt gab, außerdem war es von dort aus nicht weit in die Niederlande, wo man sich ebenfalls mit illegalen Gegenständen versorgen konnte.

»Wer hat Ihrer Meinung nach Ihren Freund auf dem Gewissen?«

Jessica Liebig schaute den Oberkommissar so entgeistert an, als ob er eine Selbstverständlichkeit infrage stellen würde: »Warringa natürlich, wer denn sonst? Dieser miese Kerl wusste, dass Oliver ihn wieder ins Gefängnis bringen wollte. Er hätte niemals Ruhe gegeben, solange er lebte ...«

Ihre Augen füllten sich mit Tränen. Die Kommissare hielten es für besser, die Unterredung vorerst abzubrechen. Enno stand auf und legte Geld für das Mineralwasser auf den Tisch: »Wir danken für Ihre Offenheit. Bitte halten Sie sich weiterhin zu unserer Verfügung, falls sich weitere Fragen ergeben.«

»Die Hauptsache ist, dass der Mörder meines Freundes bestraft wird«, gab sie schniefend zurück. Die Kommissare verließen *Ria's Beach*. Mona sah, dass ihr Kollege den Weg zur Süderstraße einschlug.

»Was hast du vor?«

»Wir sollten uns in Knapps Pensionszimmer umschauen, dazu sind wir bisher noch gar nicht gekommen.«

»Da hast du recht. - Was denkst du über Jessica?«

Der Ostfriese meinte: »Die ganze Wahrheit wird sie nicht kennen. Allerdings sollten wir nicht ausschließen, dass Jörn seiner Frau gegenüber wirklich gewalttätig geworden ist. Dies hätte Christins Motivation nur noch verstärkt: Erstens bringt sie ihren Ehemann in den Knast, und zweitens reißt sie sich die drei wertvollen Gemälde unter den Nagel.«

»Wir werden diese Bilder finden müssen«, gab die Kommissarin seufzend zurück, »allein schon, damit Oltbeck sie nicht für ein Hirngespinst von uns hält.«

Enno schaute auf die Uhr: »Wahrscheinlich haben die Kriminaltechniker schon damit begonnen, das Warringa-Haus gründlich zu durchsuchen.«

Mona erwiderte: »Ja, hoffen wir das Beste. - Anderes Thema: Hast du eine Idee, aus welchem Grund Christin nun tatsächlich nach Borkum gekommen ist? Die Behauptung von der geistigen Umnachtung ist doch Unsinn, oder?«

»Ja, da ist Jessica Liebig vermutlich nichts Besseres eingefallen. - Natürlich wird Christin es auf die drei Gemälde abgesehen haben. Vermutlich wollte sie Jörn mit vorgehaltener Waffe dazu zwingen, die

Bilder herauszurücken. Ich stelle mir vor, dass er während ihrer Ehe in den Besitz der Gemälde gelangt ist. Über die Umstände können wir nur spekulieren. Jedenfalls wollte er es vor seiner Frau geheim halten, aus was für Gründen auch immer. Doch sie fand es heraus und fühlte sich ausgebootet. Sie zahlte es ihm heim, indem sie mithilfe ihrer Freundin ihren Tod inszenierte und ihn ins Gefängnis brachte. Jessica Liebig erwies sich aber als so unzuverlässig, dass die Staatsanwaltschaft dankend auf ihre Mithilfe verzichtete – mit dem bekannten Ergebnis.«

»Einverstanden – aber wo kommt Knapp ins Spiel, Enno?«

»Angeblich haben er und Jessica einander bei dem Strafprozess gegen Warringa kennengelernt. Das kann ja der Wahrheit entsprechen. Für mich stellt sich die Frage, ob er wirklich ein selbsternannter Gerechtigkeitsfanatiker ist oder ob es ihm hauptsächlich auf die Gemälde ankommt. - Wir wissen ja immer noch nicht, warum er Christin kontaktiert hat, nachdem du ihn am Strand zur Rede gestellt hast.«

»Sie wird uns diese Frage beantworten können«, gab Mona trocken zurück, »allerdings sollten wir damit rechnen, dass sie uns eine dicke Lüge auftischt.«

Während ihres Gesprächs hatten sie wieder die *Pension Bollmann* erreicht. Die Kommissarin hatte schon bei dem Besuch nach Knapps Tod dafür gesorgt, dass uniformierte Kollegen die Zimmertür des Mordopfers mit einem polizeilichen Siegel versahen.

»Wir müssten einen Blick in Oliver Knapps Zimmer werfen«, sagte Enno zu der Pensionswirtin. Sie öffnete den Raum mit ihrem Generalschlüssel. Das Zimmer verfügte über eine eigene Nasszelle und entsprach dem Standard einer Borkumer Unterkunft in der unteren Preiskategorie. Die hellen Holzmöbel waren nicht mehr ganz neu. Die Wanddekoration bestand aus zwei gerahmten Fotos, die einen Seehund und einen Leuchtturm zeigten. Die Kommissare hatten Latexhandschuhe übergezogen. Während Enno den Kleiderschrank durchstöberte, schaute Mona sich den kleinen Schreibtisch genauer an. Knapp war scheinbar ein ordentlicher Mensch gewesen, zumindest lagen keine Gegenstände herum. Doch in einer Schublade entdeckte sie ein altes gebundenes Buch: »Schau dir das an!«

Ihr Kollege drehte sich um und kam zu ihr herüber. Der Band trug den Titel »Ostfriesische Maler im 19. und 20. Jahrhundert«. Beim Buchstaben B hatte Knapp ein Lesezeichen hineingelegt. Mona schlug den Wälzer auf.

»Hier steht eine ganze Menge über Caspar Brungs«, stellte sie zufrieden fest, »es gibt sogar farbige Abbildungen von einigen seiner Gemälde. - Es sieht ganz so aus, als ob nicht nur der Durst nach Gerechtigkeit Knapp nach Borkum geführt hat!«

Kapitel 16

Weitere aufschlussreiche Gegenstände konnten die Ermittler in dem Zimmer nicht entdecken, aber das war zu verschmerzen. Mona tat das Buch in einen Beutel für Beweisstücke. Enno versiegelte das Zimmer erneut. Nun kehrten die beiden mit ihrer ‚Ausbeute' zur Polizeistation zurück, wo sie bereits von ihrem Chef erwartet wurden: »Da sind Sie ja! Ich weiß nicht, warum diese angeblich vorhandenen Gemälde so wichtig sein sollen – die Kriminaltechniker haben jedenfalls im Haus von Aafke Warringa kein Ölbild gefunden. Es gibt nur einige gerahmte Fotografien, unter anderem von Warringas Hochzeit. Aber das wird ja nicht gemeint gewesen sein, oder?«

Oltbeck lachte über seinen eigenen Scherz, aber Mona ließ sich nicht so leicht ins Bockshorn jagen: »Wir denken, dass Warringa drei äußerst wertvolle Gemälde in seinen Besitz gebracht und hier auf der Insel versteckt hat. Sowohl seine Ehefrau als auch Jessica Liebig und Oliver Knapp sind ebenfalls hinter diesen Objekten her, die übrigens von Rechts wegen Tamme Brungs gehören.«

»Sie meinen diesen Besitzer des Souvenirshops in der Franz-Habich-Straße?«

»Von dem spreche ich, Herr Oltbeck. - Sie werden doch gewiss auch irgendwann einmal einen Blick auf den Fall Caspar Brungs geworfen haben?«

Wieder einmal war Monas Zunge schneller als ihr Verstand. Ihr hätte bewusst sein müssen, wie ihr Vorgesetzter auf ihre spitze Bemerkung reagieren würde: »Als Dienststellenleiter muss ich Wichtigeres erledigen, als den Staub von den Aktendeckeln ungelöster Verbrechen aus dem vorigen Jahrhundert zu pusten! - Ich weiß es zu schätzen, dass Sie Christin Warringas falsches Spiel entlarven konnten. Aber wer ist denn nun für den Tod von Oliver Knapp verantwortlich? Christin Warringa oder ihr Ehemann? Oder eine Person, die Sie noch gar nicht auf dem Radar haben?«

Enno erklärte: »Auch Knapp hat sich für den Künstler interessiert, der vor über hundert Jahren ermordet wurde.«

Mit diesen Worten legte er das sichergestellte Buch auf den Schreibtisch. Oltbeck warf einen gleichgültig wirkenden Blick darauf: »Schön, dann hat sich das Mordopfer eben für Kunst begeistert. Was genau wird dadurch bewiesen?«

Die Kommissare antworteten nicht sofort, was der Chef offenbar als Pluspunkt für seine eigene Position wertete. Er fuhr fort: »Holen Sie sich ein Geständnis von dem Mörder oder der Mörderin, dann können wir diesen Fall endlich abschließen!«

Diesmal schaffte es die Kommissarin, ihren Mund zu halten. Doch als die beiden wieder in ihrem Büro waren, musste sie Dampf ablassen: »Oltbeck hat wohl ein Brett vor dem Kopf! Ein Buch über ostfriesische Künstler mit einem Lesezeichen beim Buchstaben B – offensichtlicher geht es doch wohl nicht!«

»Wie man es nimmt«, gab Enno beruhigend lächelnd zurück, »Wenn wir Knapps Zimmer früher durchsucht hätten, wäre uns das Buch rätselhaft erschienen. Erst durch Jörn Warringas Interesse an Caspar Brungs bekam dieser Fund einen Sinn.«

»Ja, damit liegst du wahrscheinlich richtig«, gab Mona seufzend zu. Ihr Kollege schaffte es zum Glück immer wieder, sie schnell von der Palme herunterzubringen. Sie war enttäuscht, weil sie sich von der Durchsuchung des Warringa-Hauses durch die Kriminaltechniker die Entdeckung der drei Gemälde erhofft hatte. Enno schien zu spüren, was in ihr vorging: »Wir sollten Jörns Intelligenz nicht unterschätzen. Er kann sich denken, dass wir bei seiner Mutter als Erstes nach den Bildern suchen würden.«

»So wie ich dich kenne, hast du noch eine andere Idee«, behauptete die Kriminalistin hoffnungsvoll. Der Oberkommissar nickte langsam: »Angenommen, die Gemälde sind Jörn in Hamburg in die Hände gefallen – wahrscheinlich bei einem seiner Aufträge als Stuckateur. Er macht sich schlau und erkennt den immensen Wert dieser Objekte. Aber da es sich um Raubgut handelt, kann er sie nicht sofort verkaufen. Jörn muss erst einen Käufer finden, dem er vertrauen kann – und dafür braucht er Zeit.«

»So weit kann ich dir folgen«, erwiderte Mona. Enno fuhr fort: »Ab und an besucht Jörn seine Mutter auf Borkum. Da ist es naheliegend, die Bilder dorthin in Sicherheit zu bringen. Aber falls er in Verdacht gerät, würde man doch sofort bei Aafke nach dem Diebesgut suchen.«

»Das hatten wir ja gerade schon«, gab die Kommissarin ungeduldig zurück. Ihr Kollege hob den Zeigefinger: »Jetzt kommt der entscheidende Punkt: Handwerker sind bekanntlich Mangelware – nicht nur in Hamburg, sondern auch auf unserer schönen Insel. Und Jörn hat nicht umsonst den Ruf, geschickt und fleißig zu sein. Wenn er nun bei seinen Borkum-Aufenthalten den einen oder anderen Job unter der Hand erledigt hat?«

Nun verstand Mona, worauf Enno hinauswollte: »Natürlich, er nützt die Gelegenheit und versteckt die drei Bilder ganz diskret bei diesem ‚Kunden' - oder sogar bei verschiedenen Auftraggebern, wenn er ganz besonders vorsichtig ist. Dies alles muss er natürlich schon getan haben, bevor er wegen des angeblichen Mordes an seiner Frau verhaftet wurde.«

»Wir fragen Aafke einfach ganz unverbindlich, wem Jörn bei seinen Besuchen geholfen hat«, schlug der Oberkommissar vor.

»Du glaubst nach wie vor nicht, dass ihr Sohn sie ins Vertrauen gezogen hat?«

Enno schüttelte den Kopf: »Nee, Mona. Das würde er seiner Mutter nicht antun. Als Mitwisserin wäre sie ja mitschuldig.«

Es klopfte an der Tür, und Polizeimeisterin Aiske Berend trat ein: »Dr. Iris Semmler ist jetzt eingetroffen, Christin Warringas Strafverteidigerin. Sie berät sich bereits mit ihrer Mandantin.«

»Danke, Aiske«, sagte Mona. Nachdem die junge Kollegin die Tür wieder geschlossen hatte, fuhr sie fort: »Einerseits haben wir ganz gute Karten, was die Anklagepunkte gegen Christin angeht. Den illegalen Waffenbesitz, das Vortäuschen einer Straftat, das falsche Personaldokument, die Freiheitsberaubung an Lisa und Anneke Heuer und den Schuss auf mich können wir ihr nachweisen, wobei bei dem letzten Punkt Aussage gegen Aussage steht.«

»Immer noch besser, als wenn sie dich getroffen hätte«, gab Enno zu bedenken.

Die Kommissarin antwortete: »Das sehe ich auch so, aber wie steht es um die Mordanklage? Wenn ich ehrlich bin, dann weiß ich selbst nicht, ob Christin Knapp getötet hat. Fest steht nur, dass es vor seinem Tod einen Telefonkontakt zwischen den beiden gab. Darauf müssen wir sie festnageln, diese Tatsache kann sie nicht leugnen.«

»Sie wird abstreiten, von den drei Gemälden zu wissen«, prophezeite Enno. Die Ermittler gingen noch einmal ihre Unterlagen durch. Einige Zeit später wurden sie in den Verhörraum gerufen, wo Christin Warringa und Dr. Iris Semmler bereits nebeneinander am Tisch Platz genommen hatten. Die Strafverteidigerin war nach Monas Einschätzung Mitte bis Ende vierzig. In ihrem stahlblauen Geschäftskostüm mit weißer Bluse machte sie einen sehr professionellen Eindruck – während man von den beiden Kommissaren in ihrer Freizeitkleidung den Eindruck gewinnen konnte, dass sie gleich an den Strand gehen wollten. Aber als Zivilfahnder auf einer Urlaubsinsel war dies eben ein unauffälliges Erscheinungsbild. Christin Warringa wirkte bleich, aber gefasst. Sie hielt den Blick gesenkt und vermied Augenkontakt mit den Ermittlern, insbesondere mit Mona. Nachdem die Kriminalisten sich mit Frau Dr. Semmler bekanntgemacht hatten und Christin Warringa noch einmal über ihre Rechte belehrt wurde, kam die Anwältin sofort zur Sache: »Meine Mandantin bedauert ausdrücklich ihre Fehltritte und ist bereit, mit den Konsequenzen ihrer Handlungen zu leben. Allerdings sollte berücksichtigt werden, dass sie jahrelang seelische Grausamkeit durch ihren Ehemann erlitten hat. Dadurch entstand erst der verzweifelte Plan, den eigenen Tod vorzutäuschen.«

Mona war skeptisch. Sie wollte sich kein Urteil darüber anmaßen, was sich zwischen den Eheleuten wirklich abgespielt hatte. Vor Gericht würde es vermutlich Gutachten und Gegengutachten geben, um Jörn Warringas Verhältnis zu seiner Frau aufzuklären. Sie wandte sich direkt an Christin Warringa: »Woher stammt die Pistole, mit der Sie auf mich geschossen haben?«

Bevor die Verdächtige antworten konnte, öffnete Frau Dr. Semmler den Mund: »Meine Mandantin hat lediglich einen Warnschuss abgefeuert, der Sie nicht treffen sollte.«

»Bei Nacht, im Dunkeln?«, spottete Mona. »Dann muss Frau Warringa ja eine erstklassige Schützin sein, denn auch Danebenschießen ist eine hohe Kunst!«

Enno warf ihr einen warnenden Seitenblick zu, aber sie hatte sich schon wieder im Griff. Ihr war bewusst, dass sie gegenüber einer Strafverteidigerin ihre berühmt-berüchtigten Temperamentsausbrüche im Rahmen halten musste. Andernfalls war die Gefahr zu groß, sich richtigen Ärger einzuhandeln. Die Rechtsanwältin gab kühl zurück: »Sie sind offenbar über diesen Zwischenfall noch nicht ganz hinweggekommen, Frau Sander.«

»Die Frage meiner Kollegin wurde noch nicht beantwortet«, stellte der Ostfriese klar, »wir sind stets daran interessiert, illegalen Waffenhändlern das Werk zu legen. Ihre Mandantin kann ihre Kooperationsbereitschaft zeigen, indem sie seinen Namen nennt.«

»Den kenne ich gar nicht«, behauptete die Verdächtige. »Ich habe ihn in einer Hafenkneipe in Emden getroffen. Wahrscheinlich würde ich ihn gar nicht wiedererkennen.«

Das kannst du deiner Großmutter erzählen, dachte die Ermittlerin. Sie fragte: »Und was ist mit der Person, von der Sie Ihren falschen Schweizer Pass bekommen haben, der übrigens von keiner guten Qualität ist? Würden Sie diese auch nicht wiedererkennen?«

Die Strafverteidigerin funkelte Mona drohend an. Christin Warringa erwiderte zögernd: »Das Dokument habe ich im *Darknet* bestellt … mir war bewusst, dass ich wahrscheinlich einen Ausweis benötigen würde, wenn ich einem Borkumer Hotel einchecke.«

»Und Ihren richtigen Namen konnten Sie nicht benutzen, weil Sie ja angeblich tot sind«, erwiderte die Kriminalistin. Bevor Frau Dr. Semmler protestieren konnte, fuhr sie schnell fort: »Also hatten Sie eine Pistole und einen falschen Pass bei sich, als Sie nach Borkum kamen. Das Personaldokument brauchten Sie, um ein Hotelzimmer buchen zu können. Aber wozu benötigten Sie die Schusswaffe?«

Diesmal antwortete die Anwältin anstelle ihrer Mandantin: »Frau Warringa musste befürchten, auf der Insel ihrem Ehemann zu begegnen. Die Pistole sollte ihrer Verteidigung dienen.«

»Aber warum haben Sie dann überhaupt nach Borkum übergesetzt?«, fragte Mona, wobei sie sich bemühte, möglichst erstaunt zu klingen. »Ihre Schwiegermutter lebt hier – dass Jörn Warringa zu ihr zurückkehrt, war höchst wahrscheinlich. Aus welchem Grund setzten Sie sich diesem Risiko aus?«

Die Kommissarin stellte sich darauf ein, dass die Verdächtige psychische Probleme anführen würde. Doch dies geschah nicht: »Meine Freundin Jessica Liebig zwang mich mehr oder weniger dazu, nach Borkum zu kommen. Freiwillig hätte ich es bestimmt nicht getan.«

Für einen Moment herrschte Stille im Verhörraum. Draußen auf der Strandstraße flanierten die Urlauber vorbei, ankommende Feriengäste stiegen aus dem soeben eingetroffenen Zug der Kleinbahn. Fetzen von Gesprächen, Rufen und Lachen drangen durch die Fenster herein. Und Mona fragte sich, ob sie gerade ganz gewaltig verschaukelt wurde. Zum Glück machte sie nicht den Fehler, diese Frage laut zu stellen.

»Das müssen Sie uns näher erklären«, bat Enno. Seiner Stimme war nicht anzuhören, was er von Christin Warringas neuester Behauptung hielt. So wie die Kommissarin ihn kannte, ließ auch ihr Kollege sich nicht hinter das Licht führen. Frau Dr. Semmler nickte ihrer Mandantin aufmunternd zu, und Christin Warringa fuhr fort: »Ich brauchte ja Jessicas Hilfe, um in Hamburg meine Ermordung vortäuschen und untertauchen zu können. Es war ihr und ihrem Freund Oliver Knapp zu verdanken, dass ich mich so lange verstecken konnte und mich niemand fand. Doch allmählich wurde mir klar, dass die beiden nicht uneigennützig handelten. Sie forderten, dass ich mich für ihre Bemühungen *erkenntlich zeigen* sollte. Ich habe nicht viel Geld, und das sagte ich ihnen ganz offen. Da berichtete Oliver Knapp mir von einer größeren Summe, die mein Ehemann beschaffen könnte. Es ging irgendwie um alte Gemälde, so genau habe ich das nicht verstanden. Ich sollte gemeinsam mit Knapp zu Jörn gehen und ihn zur Herausgabe dieser Bilder zwingen. Das wollte ich nicht, denn ich habe große Angst vor meinem Ehemann. Aber Oliver und Jessica setzten mich unter Druck: Entweder würde ich dabei mitmachen – oder sie wollten damit an die Öffentlichkeit gehen, dass ich noch lebe!«

Konnte diese Darstellung der Ereignisse stimmen? Mona hatte ihre Zweifel, wollte allerdings später erst mit Enno darüber sprechen. Momentan interessierte sie ein anderer Punkt: »Wir wissen, dass Knapp Sie kurz vor seinem Tod in Ihrem Hotelzimmer angerufen hat. Worum ging es bei diesem Telefonat?«

»Oliver beschrieb mir, wo er mich in den Dünen treffen wollte, Frau Sander. Ich kenne mich ja auf Borkum nicht aus, und vielleicht habe ich mich auf dem Weg dorthin verlaufen. Als ich ihn schließlich fand, war er schon tot – das schwöre ich.«

Der Oberkommissar vermutete: »Und Sie konnten nicht die Polizei oder einen Rettungswagen rufen, weil niemand Ihre Identität erfahren sollte.«

»So ist es, Herr Moll.«

Mona runzelte die Stirn. Sie vergegenwärtigte sich, dass der Zeuge Konrad Dressler eine Frau gesehen haben wollte, auf die Christin Warringas Beschreibung zutraf – aber sie war in dieselbe Richtung wie Warringa gegangen und nicht Knapp gefolgt. Es war besser, sich auf belastbare Fakten zu konzentrieren. Enno hakte nach: »Was taten Sie, nachdem Sie Knapps Leiche gefunden hatten?«

»Ich geriet in Panik«, erklärte die Verdächtige, »also eilte ich erst einmal zu meinem Hotel zurück. Ich traute mich nicht, Jessica anzurufen. Am Ende hätte sie mir noch die Schuld dafür gegeben, dass ihr Freund umgebracht wurde. Außerdem war sie noch gar nicht auf der Insel, soweit ich wusste.«

Ja, warum kam Jessica Liebig später nach Borkum? Diese Frage hatte Mona sich auch schon gestellt. Jessica Liebig hatte ihre Arbeit vorgeschoben, aber das konnte nicht der wahre Grund sein – sie hatte gar keinen Job. Dieser Punkt musste noch geklärt werden. Zunächst interessierte die Kriminalistin sich dafür, wie es nach dem angeblichen Leichenfund weitergegangen war: »Gut, Sie waren also im Hotel und wussten, dass Knapp nicht mehr lebte. Was taten Sie als Nächstes?«

»Die Hotelbesitzerin verhielt sich unruhig, ich wurde misstrauisch. Sie gestand mir, dass die Polizei sich für mich interessierte. Ich wusste mir keinen anderen Rat, als Frau Heuer und ihre Tochter einzusperren – aber ich habe ihnen kein Haar gekrümmt!«

Mona fand, dass Christin Warringa ihre eigene Rolle reichlich positiv darstellte, aber das war sie von Verbrechern gewöhnt. Die Kommissarin korrigierte: »Sie haben die Frau und das Kind nicht nur eingesperrt, sondern auch gefesselt und geknebelt. Wie ging es dann weiter?«

»Ich musste unbedingt diese Bilder finden, die angeblich existieren sollten«, behauptete die Verdächtige, »also ging ich zum Haus meiner Schwiegermutter.«

»Fürchteten Sie nicht, Ihrem Ehemann zu begegnen?«

»Ich habe das Haus einige Zeit beobachtet, Frau Sander. Daher war ich sicher, dass Jörn sich nicht dort befand. Ich wollte Jessica unbedingt die Gemälde überlassen, damit sie mich nicht verrät. Aber ich entdeckte in dem Haus – absolut nichts!«

»Abgesehen von Ihrer Schwiegermutter, die Sie bewusstlos geschlagen haben.«

Diese Bemerkung konnte Mona sich nicht verkneifen. Frau Dr. Semmler konterte: »Meine Mandantin befand sich in einem psychischen Ausnahmezustand, das muss Ihnen doch bewusst sein!«

»Ich bin keine Medizinerin, darüber haben andere zu entscheiden«, stellte die Kommissarin schulterzuckend fest. Sie fügte hinzu: »Ich fasse zusammen: Sie wissen also nicht, wer Oliver Knapp getötet hat. Außerdem wollten Sie nach diesen Bildern suchen, um nicht von Jessica Liebig erpresst zu werden.«

Christin Warringa nickte: »Ich bedaure, was ich getan habe. Letztlich wurde ich nur durch die Angst vor meinem Mann getrieben.«

»Sie werden morgen aufs Festland überstellt, dort wird ein Richter über die Verhängung von Untersuchungshaft entscheiden«, informierte Enno ihn.

»Und ich werde selbstverständlich dafür sorgen, dass meine Mandantin angesichts ihres freimütigen Geständnisses umgehend auf freien Fuß gesetzt wird«, verkündete die Strafverteidigerin tatendurstig. Christin Warringa wurde zunächst in ihre Arrestzelle zurückgebracht, und die Anwältin verabschiedete sich von ihr und von den Kommissaren.

»Glaubst du ihr?«, fragte Enno, als die beiden allein waren. Mona schüttelte den Kopf: »Ich bin überzeugt davon, dass Christin uns verladen will und uns Jessica Liebig als Bauernopfer präsentiert – wenn schon nicht als Mörderin, dann wenigstens als Erpresserin. Und wenn Christin bei ihrer Geschichte bleibt, wird zumindest Oltbeck hundertprozentig davon überzeugt sein, dass Warringa Knapp auf dem Gewissen hat.«

Kapitel 17

»Und wenn Jörn wirklich der Mörder war?«

Diesen Satz sprach Enno aus, während er sich gemeinsam mit Mona nach dem anstrengenden Verhör eine Teepause gönnte. Die Ermittler hatten erfahren, dass inzwischen auch Warringas Strafverteidiger die Insel erreicht hatte und seinen Mandanten beriet. Sie würden sich also auf eine weitere Befragung einstellen müssen. Die Kommissarin zuckte mit den Schultern, nahm einen Schluck von der starken Assam-Mischung und erwiderte: »Er hatte Motiv und Gelegenheit, aber beides trifft auch auf seine Frau zu, oder?«

»Christin verfügte über eine Schusswaffe«, gab der Ostfriese zu bedenken, »warum hätte sie ein Messer oder ein Bajonett für die Tat benutzen sollen? Bei einem direkten Zweikampf bestand die Gefahr, dass sie ihrem Opfer unterliegt. Ich hoffe übrigens auf das Obduktionsergebnis – falls sich nämlich unter Knapps Fingernägeln Hautpartikel oder andere DNA-Reste der Tatperson befinden, würde uns die Arbeit dadurch enorm erleichtert.«

»Ich will ja keine Spielverderberin sein, aber nach einem heftigen Kampf sah Knapps Körper nicht aus«, meinte Mona, »ich würde eher darauf tippen, dass er von dem Angriff überrascht wurde und kaum Gelegenheit zur Gegenwehr hatte.«

Der Oberkommissar trank seine Tasse aus und goss seiner Kollegin und sich selbst nach. Dann sagte er: »Sind wir uns denn darüber einig, dass Christin ihre Freundin Jessica ans Messer liefern will?«

»Darauf würde ich wetten, Enno. Sie kann zwar Jessica nicht als Mörderin abstempeln, weil die Frau zur Tatzeit noch gar nicht auf der Insel gewesen ist. Aber Christin tut ja so, als ob sie von Jessica und Knapp mehr oder weniger gezwungen worden sei, nach Borkum zu reisen. Und das ist natürlich absoluter Stuss – sie will sich die Gemälde schnappen, ohne mit Jessica teilen zu müssen. Deshalb wird sie versuchen, mit einer möglichst niedrigen Strafe davonzukommen, um dann später ihre Suche nach den drei Bildern fortsetzen zu können.«

»Demnach hätte Christin Knapp umgebracht, damit sie ihm nichts abgeben muss?«, vergewisserte Enno sich. Er klang skeptisch.

Mona erwiderte: »Es wäre zumindest möglich. Außerdem wissen wir nicht genau, wie das Verhältnis zwischen Knapp und Christin wirklich war. Vielleicht ist er ihr zu nahegekommen, ohne dass sie es wollte? Sie ist eine attraktive Frau, und an eine Liebesbeziehung zwischen

Jessica und Knapp glaube ich nach wie vor nicht. Die beiden waren hinter den wertvollen Gemälden her, genau wie Christin selbst.«

»Wenn Jörn weiß, was gut für ihn ist, dann sagt er uns gleich die Wahrheit«, hoffte der Ostfriese und fügte hinzu: »Mir wäre wohler, wenn wir die Gemälde schon gefunden hätten. Solange sie sich noch in einem Versteck befinden, wird Jörn hoffen, ungeschoren davonzukommen und die Bilder zu Geld machen zu können.«

»Um meine Menschenkenntnis ist es wohl nicht so gut bestellt«, gab die Kommissarin selbstkritisch zu, »ich habe Warringa eigentlich für einen gradlinigen und anständigen Kerl gehalten.«

»Da bin ich mit dir einer Meinung, aber er hat eine Grenze überschritten – und zwar genau in dem Moment, als er die Beute aus dem Raubmord vor hundert Jahren für sich behalten hat«, erwiderte Enno. Im nächsten Moment flog die Tür auf, und Grietje stürmte herein.

»Jörn und sein Rechtsanwalt warten im Verhörraum auf euch!«, trompetete sie.

»Und du machst jetzt besser Feierabend, bevor ich einen Herzinfarkt bekomme«, warf Mona der Polizistin an den Kopf.

»Dein Wunsch ist mir Befehl«, gab Grietje zurück und verdrückte sich. Die Kommissare gingen in den anderen Raum hinüber. Warringas Strafverteidiger hieß Dr. Marten Andresen. Er war ein hochgewachsener ernst wirkender Mann mit weißblondem Haar und Bart. Er sah so aus, wie Mona sich einen Wikingerhäuptling vorstellte – abgesehen davon, dass er keinen Helm mit Hörnern, sondern einen Nadelstreifenanzug trug. Enno stellte seine Kollegin und sich selbst vor und erklärte: »Ihr Mandant steht im Verdacht, Oliver Knapp getötet zu haben.«

»Herr Warringa hat mir bereits erzählt, was ihm zur Last gelegt wird, Herr Moll«, begann der Strafverteidiger, »und Ihre Indizien kommen mir doch sehr dürftig vor. Im Grunde läuft es darauf hinaus, dass mein Mandant zur angenommenen Tatzeit kein Alibi vorweisen kann. Das dürfte aber auf die meisten Menschen auf Borkum zutreffen.«

»Vermutlich war es Oliver Knapp, der kurz zuvor ein Fenster im Haus von Herrn Warringas Mutter zerstört hat«, berichtete Mona, »und von der Internet-Hetzkampagne wird Ihr Mandant Ihnen auch erzählt haben.«

»Das ist alles nicht stichhaltig«, behauptete Dr. Andresen, »gerade aufgrund von Herrn Warringas Erfahrung mit der Hamburger

Strafjustiz verlange ich, dass er umgehend auf freien Fuß gesetzt wird. Er ist freigesprochen worden und somit nicht vorbestraft. Außerdem verfügt er über einen festen Wohnsitz im Haus seiner Mutter. Daher wäre eine weitere Untersuchungshaft eine unzumutbare Härte.«

Sobald Jörn die Wache verlässt, schnappt er sich die Gemälde und haut auf Nimmerwiedersehen ab, dachte die Kommissarin verdrossen. Ennos Überlegungen schienen in die gleiche Richtung zu gehen. Er sagte: »Eins nach dem anderen. Wir möchten gern von Ihrem Mandanten erfahren, warum er sich für Caspar Brungs interessiert.«

Die Kriminalistin beobachtete Warringa genau, während ihr Kollege diese Sätze von sich gab. Der Verdächtige bewies Nervenstärke, er zuckte noch nicht einmal mit der Wimper. Und doch war Mona sicher, dass er genau wusste, warum der Oberkommissar darauf zu sprechen kam. Der Strafverteidiger hingegen schien ahnungslos zu sein, offenbar hatte Warringa ihn nicht eingeweiht: »Wer ist dieser Brungs, wenn ich fragen darf?«

»Caspar Brungs war ein Borkumer Kunstmaler, der vor über hundert Jahren ermordet und beraubt wurde«, erklärte Mona, »und wir vermuten, dass sich drei Gemälde, die damals entwendet wurden, im Besitz Ihres Mandanten befinden.«

»Wollen Sie behaupten, dass Herr Warringa diesen Brungs getötet hat, Frau Sander?«, spottete der Rechtsanwalt. Sie hielt seinem Blick stand: »Nein, natürlich nicht. Aber wenn er Bilder behält, von denen er genau weiß, dass es sich um Raubbeute handelt, dann ist dies ebenfalls eine Straftat.«

Warringa verschränkte die Arme vor der Brust: »Von Gemälden weiß ich nichts.«

»Dann leugnen Sie also, dass Sie mit Ihrer Mutter über Caspar Brungs gesprochen haben?«, fragte die Kommissarin. Sie redete den Verdächtigen nun mit »Sie« an, obwohl sie ihn vorher die ganze Zeit über geduzt hatte. Aber es war besser, sich in Gegenwart von Dr. Andresen keine Blöße zu geben. Sie wollte dem Rechtsanwalt keinen Vorwand für eine offizielle Beschwerde geben. Der Verdächtige schien jedenfalls mit ihrer Frage gerechnet zu haben.

»Ich bestreite nur, solche Bilder jemals in Händen gehabt zu haben«, unterstrich Warringa, »aber es ist sehr gut möglich, dass ich mit Mama mal über Caspar Brungs gesprochen habe. Jeder Insulaner kennt seine tragische Geschichte, ein Nachkomme von ihm hat einen Laden in der Nähe des Bahnhofs.«

»Es ist seltsam, dass Sie von diesen Gemälden nichts wissen wollen, Herr Warringa.«

Auch Enno benutzte nun die förmliche Anrede. Er fuhr fort: »Ihre Frau hat uns einiges über die Kunstwerke erzählt. Sie scheint sicher zu sein, dass sich diese in Ihrem Besitz befinden.«

Der Verdächtige lachte, aber er hörte sich nicht amüsiert an: »Christin? Ja, das wundert mich nicht. Meine Frau verfügt ja über eine rege Fantasie, sogar ihren eigenen Tod kann sie sehr wirkungsvoll in Szene setzen.«

Und Dr. Andresen schlug in dieselbe Kerbe: »Ich muss wohl nicht betonen, wie groß der Schaden ist, den mein Mandant durch diese Farce vor Gericht erlitten hat. Ich habe ihn bereits bei dem Strafprozess in Hamburg vertreten, wie Ihnen vielleicht bekannt sein dürfte. Wenn Sie dieser Frau glauben, dann finde ich dies höchst befremdlich.«

»Wir als Kriminalisten müssen jedem Hinweis nachgehen«, machte der Oberkommissar deutlich, »und eigentlich entlastet die Geschichte von den drei verschollenen Gemälden ja Ihren Mandanten.«

Diese Aussage schien den Strafverteidiger zu überraschen: »Ich fürchte, dass ich Ihnen nicht ganz folgen kann, Herr Moll.«

Enno erklärte: »Christin Warringa hat uns mitgeteilt, dass sie von Oliver Knapp und Jessica Liebig mehr oder weniger dazu gezwungen worden sei, nach Borkum zu kommen und Ihrem Mandanten die Bilder abzujagen, wenn man das so nennen will. Noch wissen wir nicht, ob diese Gemälde überhaupt noch existieren. Aber Frau Warringa hat uns ein überzeugendes Motiv dafür geliefert, dass sie Oliver Knapp getötet haben könnte – um nämlich nicht mit ihm teilen zu müssen.«

Mona ergänzte: »Es wäre hilfreich, wenn Herr Warringa uns etwas mehr über sein Verhältnis zu seiner Frau verraten könnte.«

Der Verdächtige schien zu zögern. Ob er immer noch etwas für Christin empfand? Das konnte die Ermittlerin sich kaum vorstellen. Immerhin hatte er ihr die monatelange Untersuchungshaft zu verdanken. Andererseits – sie hatte in ihrem Beruf schon oft erlebt, dass Menschen aus Liebe Dinge taten, die mit kühlem Verstand nicht nachzuvollziehen waren.

Warringa legte den Kopf in den Nacken, er starrte einen Moment lang die Zimmerdecke an. Ob er nach den passenden Worten suchte? Nach einer kurzen Pause der Besinnung begann er zu sprechen: »Ja, Christin wollte immer hoch hinaus. Früher ist mir das nie so aufgefallen, aber in den letzten Jahren unserer Ehe wurde es schlimmer. Ich verdiene als

Stuckateur nicht schlecht, aber Hamburg ist eine teure Stadt. Und für Christin war es nie genug, was an Geld hereinkam. Sie faselte immer öfter von einem schnellen Reichtum, den man mit Kryptowährung erzielen könnte.«

»Da kann man sein Geld auch im Handumdrehen wieder verlieren«, gab Mona zu bedenken. Und sie überlegte: *Wenn Christin nun mit dem Erlös aus dem Bilderverkauf Kryptowährung kaufen wollte? Dann wäre ihr Traum zum Greifen nahe gewesen.*

»Ich verstehe nichts von diesen Dingen«, betonte Warringa, »und wir entfremdeten uns immer mehr voneinander. Vielleicht hätte ich mehr um Christin kämpfen sollen. Aber wir arbeiteten beide lange und hart, da ist es doch normal, dass man einander nicht so oft sieht, oder?«

Kaum waren diese Worte gefallen, als Mona prompt ein schlechtes Gewissen bekam. Sie hatte ihren Freund Jan Lummer ebenfalls seit einigen Tagen und Nächten weder getroffen noch gesprochen. Wenn er sich nun für eine andere Frau interessierte, würde sie das gar nicht mitbekommen? Und als Besitzer der *Nordseekajüte* hatte Jan ständig Kontakt mit Gästen beiderlei Geschlechts. Wenn er es darauf anlegte, konnte er gewiss jederzeit … Als ihre Überlegungen an diesem Punkt angelangt waren, ermahnte sie sich, ihre Konzentration wieder auf den Fall zu lenken. Allerdings war Enno schon auf Warringas Aussage eingegangen: »Sie sehen also keinen Zusammenhang zwischen dem inszenierten Tod Ihrer Frau und den Gemälden?«

»Nein, weil ich von diesen Bildern überhaupt nichts weiß, En … äh, Herr Moll! Es kann ja sein, dass Christin irgendwelche Hirngespinste ausgebrütet hat. Darüber müssen Sie mit ihr sprechen.«

»Das haben wir schon getan. Und sie bleibt bei ihrer Version«, antwortete der Oberkommissar. »Also wissen Sie wirklich nicht, wo diese Bilder sein könnten?«

Bevor Warringa antworten konnte, schaltete sich sein Strafverteidiger ein: »Ich bin nicht davon überzeugt, dass es diese Gemälde überhaupt gibt! Und selbst wenn sie gefunden werden sollten – inwieweit beweisen sie die Verstrickung meines Mandanten in den Mord an Oliver Knapp?«

»Die Kunstwerke stellen ein Tatmotiv dar«, wiederholte Enno geduldig, »und falls Herr Warringa sie an sich genommen hat, enthält er sie ihrem rechtmäßigen Eigentümer vor.«

»Wenn Sie diese Objekte entdecken sollten, kann man über diesen Punkt noch einmal reden«, schnarrte Dr. Andresen, »und bis dahin verlange ich, dass mein Mandant unverzüglich auf freien Fuß gesetzt wird.«

Enno schaute auf die Uhr: »Es ist schon spät, und heute geht keine Fähre mehr nach Emden. Morgen kann dort ein Richter über die Verhängung von Untersuchungshaft entscheiden. Bis dahin wird Herr Warringa unser Gast bleiben müssen.«

»Ich werde mich über Ihre fragwürdige Arbeitsweise beschweren«, drohte der Anwalt. Dann stand er auf und klopfte seinem Mandanten auf die Schulter: »Nur Mut, Sie werden schon bald wieder ein freier Mann sein.«

Er verließ den Verhörraum. Enno brachte Warringa zurück in die Zelle.

»Was für ein blöder Tag!«, klagte Mona, als ihr Kollege zurückkehrte. »Ich weiß immer noch nicht, wer Knapp getötet hat. Und morgen müssen wir aufgrund von Christins Anschuldigungen auch noch Jessica Liebig verhaften, oder?«

»Zumindest steht der Vorwurf der Erpressung im Raum«, erwiderte der Ostfriese, »die Sache kann für Christin aber auch nach hinten losgehen, wenn nämlich Jessica ihre ‚Freundin' nicht mehr deckt und uns etwas mehr von der Wahrheit verrät.«

»Deine Zuversicht möchte ich haben. - Wie auch immer, ich wünsche dir einen schönen Feierabend.«

»Dir ebenso, Mona.«

Kapitel 18

Mona benötigte dringend Ablenkung. Ihre Gedanken kreisten um Knapps Ermordung, ohne dass sie zu einem befriedigenden Ergebnis kam. Selbst wenn die Gemälde entdeckt wurden – wie sollte dadurch die Bluttat selbst bewiesen werden? Sowohl Jörn als auch Christin Warringa mussten weiterhin nur hartnäckig leugnen. Nicht umsonst gab es die alte Justiz-Faustregel: im Zweifel für den Angeklagten. Die Vorstellung, dass eine Mörderin oder ein Mörder ungestraft davonkam, behagte der Kommissarin natürlich überhaupt nicht. Sie verließ die Polizeiwache, schwang sich auf ihr Fahrrad und fuhr wenig später auf der Reedestraße Richtung Hafen. Warringas Worte über seine gescheiterte Ehe hatte in Monas Innerem eine unterschwellige Beklemmung ausgelöst, die sie dringend bekämpfen musste. Jetzt - am frühen Abend - verabschiedete sich die Tageshitze. Die Ermittlerin genoss die sanfte kühle Brise auf ihrer Haut. Ihr Herz klopfte schneller, als das Lokal ihres Freundes in Sicht kam. Die *Nordsee Kajüte* befand sich in unmittelbarer Nähe zum Yachthafen. Viele Segler verkehrten dort. *Und natürlich auch attraktive Seglerinnen,* dachte Mona mit einem Aufwallen von Eifersucht. Sie lehnte ihr Rad gegen die Außenwand und betrat den Schankraum.

Die *Nordsee Kajüte* war ungefähr zur Hälfte gefüllt. Die Bedienung schleppte ein Tablett mit Bierkrügen zu einem Tisch, an dem sechs bärtige Männer saßen. Und Jan Lummer stand hinter der Theke und ließ den Gerstensaft in die Gläser laufen. Mona eilte auf den Tresen zu, stemmte sich an der Kante hoch und gab ihrem Freund einen Kuss.

»Moin, so eine Begrüßung lasse ich mich von meinen Gästen gern gefallen!«, sagte er lächelnd. Er trug Jeans und ein verwaschenes *Iron-Maiden*-T-Shirt, unter dem sich sein Bauchansatz wölbte. Der Gastwirt war kein Adonis, aber er liebte Mona aufrichtig. Zumindest hatte er ihr bisher niemals Anlass gegeben, dies anzuzweifeln. Sie lachte und setzte sich auf einen Barhocker.

»Du scheinst gute Laune zu haben, Jan – das kann ich von mir leider nicht behaupten!«

Er blinzelte ihr zu und erwiderte: »Na, vielleicht kann ich das ja ändern. - Wahrscheinlich macht dir diese Bluttat in den Dünen Kopfzerbrechen?«

»Das kann man wohl sagen«, gab Mona seufzend zurück. Ihr Freund wusste natürlich, dass sie mit ihm nicht über Details ihrer Ermittlung sprechen durfte. Andererseits war der brutale Mord an Oliver Knapp natürlich das Inselgespräch Nummer eins. Wichtigtuer setzten die bizarrsten Gerüchte in die Welt, wogegen man leider wenig unternehmen konnte. Die Kommissarin redete mit Zivilisten grundsätzlich nur über Einzelheiten, die der Öffentlichkeit ohnehin bekannt waren.

»Jörn Warringa soll ja darin verwickelt sein«, meinte Jan und stellte ein Glas Bier vor Mona hin.

»Danke, Schatz. - Ja, die Spatzen pfeifen es von den Dächern«, fügte sie ironisch hinzu, »aber über die Unschuldsvermutung bei polizeilichen Ermittlungen habe ich dir ja schon öfter Vorträge gehalten.«

»Ich komme mir schon vor wie ein halber Jurist«, scherzte Jan, »aber Spaß beiseite: Warringa ist meiner Meinung nach ein guter Typ. Ich kann ihn mir nur schwer als Mörder vorstellen. Als er meine Lagerräume renoviert hat, konnte ich an dem Ergebnis jedenfalls nichts kritisieren. Ich wünschte, jeder Handwerker würde so schnell und sauber zu einem Ergebnis kommen.«

Mona horchte auf: »Du hast Warringa einen Auftrag erteilt? Wann war das?«

»Irgendwann im vorigen Jahr, bevor er in Hamburg verhaftet wurde ...«, lautete die Antwort. »Dieser Mann hat das Unglück doch gepachtet, oder? Erst verdächtigt man ihn, seine Ehefrau getötet zu haben – und kaum kehrt er nach Borkum zu seiner Mutter zurück, schon gerät er wieder in den Fokus von Ermittlungen. Es geht mich ja nichts an, aber ...«

Die Kommissarin schnitt ihrem Freund das Wort ab: »Ganz genau, es geht dich nichts an!«

Gleich darauf bereute Mona ihren harschen Satz – vor allem, weil nun die Serviererin mit einem Tablett voller leerer Gläser an die Theke zurückkehrte. Sie grüßte die Ermittlerin kurz und warf gleich darauf Jan einen langen Blick zu. Einen liebevollen Blick? *Du siehst schon Gespenster!*, rief Mona sich selbst zu. Sie kannte die Bedienung namens Liane flüchtig, weil diese eben im Lokal ihres Freundes arbeitete. Liane verfügte über eine gewisse Stressresistenz, ohne die man es in der Gastronomie schwer hatte. Ihr Charakter konnte nach Ansicht der Kommissarin am ehesten als sanft und freundlich beschrieben werden. Jan hingegen hatte in den vergangenen Jahren immer wieder bewiesen, dass er sich zu einer aufbrausenden Kratzbürste wie Mona hingezogen fühlte.

»Entschuldige, ich wollte dir nicht über den Mund fahren«, beteuerte sie. »Du kannst gern deine Meinung über Warringa sagen.«

»Allzu viel weiß ich gar nicht über ihn, Mona. Er ist eher ein schweigsamer Typ, aber über seine Arbeit kann ich nichts Schlechtes sagen.«

»Hast du ihn dabei eigentlich beaufsichtigt?«, wollte die Ermittlerin wissen. Der Gastwirt schüttelte den Kopf: »Nee, dafür war nun wirklich keine Zeit. Er hatte für ein Wochenende seine Mutter besucht und sich bereiterklärt, am Samstagabend ein paar Stunden für mich zu erübrigen. Du weißt ja, was hier am Wochenende los ist. Außerdem vertraue ich Warringa und gehe nicht davon aus, dass er mir einen Kanister Speiseöl klaut.«

»Nee, das wollte ich ihm auch nicht unterstellen«, sagte Mona. Sie fragte: »Kann ich mal sehen, was er in deinem Lager gemacht hat?«

»Klar, schau nur nach«, gab Jan arglos zurück. »Es ging hauptsächlich darum, ein paar Zwischenwände zu ziehen, um die Warengruppen besser in Ordnung zu halten.«

Die Kommissarin ging hinter die Theke und gelangte dann durch einen schmalen Gang zu den Lagerräumen. Es roch nach abgestandenem Bier und Reinigungsmitteln. Das Gebäude, in dem sich die *Nordsee Kajüte* befand, war mindestens hundert Jahre alt. Insofern ließ sich leicht erkennen, welche Arbeiten nachträglich ausgeführt wurden. Die Pressspanplatten, mit denen Warringa die Zwischenwände hochgezogen hatte, waren jedenfalls noch nicht von der Patina früherer Jahrzehnte in Mitleidenschaft gezogen worden. Das Jagdfieber hatte Mona fest im Griff. Sie schaute sich die Wände genauer an. Keine von ihnen hatte eine tragende Funktion, so viel verstand die Kriminalistin immerhin von Statik. Eine Wand war trotzdem dicker als die beiden anderen. Eignete sich dieser Lagerraum überhaupt für die Aufbewahrung von Kunstwerken? Immerhin war es kühl und trocken. Mona griff sich ein Stemmeisen. Wenn sie die Wand beschädigte, ohne ein Ergebnis vorweisen zu können, würde ihr Freund vermutlich sauer auf sie werden. Aber dieses Risiko nahm sie in Kauf. Sie setzte das Werkzeug an und bog eine der Spanplatten zur Seite. Der Anblick von drei in Plastikfolie eingeschweißten kleinen Ölgemälden traf sie wie ein Schlag in die Magengrube. Vorsichtig zog sie die Objekte hervor. Alles sprach dafür, dass sie einen Teil der Beute aus dem Raubmord an

Caspar Brungs sichergestellt hatte. Sie klemmte sich die Bilder unter den Arm und kehrte zu Jan zurück. Sein verblüffter Gesichtsausdruck war unbezahlbar.

»Gratuliere, du hast uns wichtige Beweisstücke verschafft!«, flüsterte Mona, damit keiner der Umstehenden etwas mitbekam. Sie fügte schnell hinzu: »Für den Schaden an deiner Trennwand kommt natürlich das Land Niedersachsen auf!«

Kapitel 19

In dieser Nacht fand Mona nicht viel Schlaf. Das war nicht nur auf die angenehme Gesellschaft ihres Freundes zurückzuführen, obwohl die Stunden in Jans Armen zweifellos zu ihrem seelischen und körperlichen Wohlbefinden beitrugen. Die Tatsache, dass sie die dringend benötigten Beweisstücke endlich vorlegen konnte, trug ebenfalls zu ihrer Aufregung bei. Und sie musste sich mehrfach selbst zurückpfeifen, um Enno nicht frühzeitig anzurufen. Sie machte noch nicht einmal bei ihrem allmorgendlichen Besuch im Hause Moll eine Andeutung. Als sie ihre Dogge zum Spaziergang abholte, kam ihr einfach nur ein »Moin« über die Lippen. Doch nachdem sie Rufus wieder bei Birte Moll abgeliefert hatte und wenig später die Polizeistation betrat, gab es kein Halten mehr. Die drei Gemälde befanden sich in einer großen gelben Umhängetasche, die Mona sich quer über die Brust gehängt hatte. Grietjes Kommentar blieb nicht aus: »Die gelbe Gefahr!«

Die Kommissarin lachte nur und betrat ihr Büro. Enno saß bereits an seinem Arbeitsplatz und trank Tee.

»Schau mal, was ich hier habe!«

Sie nahm Latexhandschuhe aus ihrer Schreibtischschublade und legte dann wie eine Pokerspielerin, die langsam ihr Blatt aufdeckt, erst ein Bild, dann das zweite und schließlich das dritte auf den Tisch. Der Ostfriese war normalerweise nicht so leicht aus der Ruhe zu bringen, aber nun riss er verblüfft die Augen auf: »Das ist ja ein Ding! Hast du eine Nachtschicht eingelegt?«

»Wenn man das so nennen will«, gab Mona augenzwinkernd zurück und berichtete von ihrem Fund. Die Liebesnacht mit Jan blendete sie dabei natürlich aus, denn erstens ging dies keinen Außenstehenden etwas an und zweitens war Enno lebenserfahren genug. Ihm musste bewusst sein, dass Mona sich mit ihrem Freund nicht zum Halma spielen traf. Die Kommissarin hätte am liebsten die Kunststoffverpackung von den Bilderrahmen gerissen, aber sie beherrschte sich. Man konnte auch so erkennen, dass es sich bei den Gemälden um die geraubten Objekte handelte – oder um Kopien, aber dies konnten nur Kunstexperten entsprechend einschätzen. Mona machte etliche Fotos von den Gemälden, bevor sie diese auf den Weg zur kriminaltechnischen Untersuchung nach Oldenburg schickte.

»Schnappen wir uns jetzt Jessica Liebig?«, fragte die Ermittlerin tatendurstig. Ihr Kollege erhob sich von seinem Bürostuhl: »Ja, diese Festnahme steht heute ganz oben auf meinem Zettel.«

Um kurz nach acht Uhr erwachte der größte Teil der Borkum-Urlauber erst allmählich aus dem verdienten Ferienschlaf. Aufgrund des Hochsee-Reizklimas stand die Insel in dem Ruf, über ganz besonders beruhigende gesunde Luft zu verfügen. Es gab nicht ohne Grund auf Borkum Kureinrichtungen für Atembeschwerden. Auf der Bismarckstraße standen Lieferwagen, die mit der ersten Fähre eingetroffen waren und die Gastrobetriebe mit den notwendigen Produkten versorgten. Auf der nahegelegenen Süderstraße herrschte noch weniger Verkehr. Den Kommissaren kamen nur wenige Jogger und Hundebesitzer entgegen.

In der *Pension Bollmann* saßen bereits einige Gäste beim Frühstück und warfen den eintretenden Kriminalisten neugierige Blicke zu. Mona wusste aus Erfahrung, dass fremde Personen sie entweder für Ennos erwachsene Tochter oder für seine junge Geliebte hielten. Sie war sich nie sicher, welche Variante sie amüsanter finden sollte. Zum Glück war es ihr ziemlich gleichgültig, was andere Menschen von ihr dachten.

»Moin, wir müssten mal wieder mit Jessica Liebig sprechen«, sagte der Oberkommissar. Die Pensionswirtin zog die beiden in die Küche und erwiderte leise: »Die Dame hatte gestern Abend reichlich Schlagseite, als sie hier hereingewankt ist. Ihr müsst sie wahrscheinlich erst einmal wach bekommen.«

»Das kriegen wir hin!«, versicherte Mona. Sie baute sich vor Jessica Liebigs Zimmertür auf und hämmerte so lange mit den Fäusten dagegen, bis die Tür aufgerissen wurde. Jessica Liebig hatte sich im *Ria's Beach* offenbar noch einige weitere Cocktails genehmigt. Jedenfalls waren ihre Wangen bleich, ihre Augen gerötet und aufgequollen. Sie war nur mit einem ziemlich durchsichtigen Unterrock bekleidet. Die Haare standen wirr von ihrem Kopf ab.

So hab ich auch schon mal ausgesehen, dachte Mona. »Moin, wir müssen Sie bitten, uns zur Wache zu begleiten.«

»Wieso? Was ist denn passiert?«, lautete die gestammelte Antwort.

»Die drei Gemälde sind wieder aufgetaucht. - Ich leiste Ihnen beim Anziehen Gesellschaft, mein Kollege wartet auf dem Flur.«

Mit diesen Worten kam die Kommissarin einfach ins Zimmer und schloss die Tür vor Ennos Nase. Jessica Liebig war so perplex, dass sie keine Einwände vorbrachte. Unter Monas wachsamen Augen schlüpfte sie in Unterwäsche, Jeans und ein gestreiftes T-Shirt. Außerdem zog sie Tennisschuhe an. Nach Meinung der Kommissarin war dies ein gutes Outfit, um schnell abzuhauen. Allerdings glaubte Mona nicht, dass Jessica weit kommen würde. In ihrem aktuellen Zustand konnte sie der Ermittlerin gewiss nicht entkommen.

»Konnten Sie den Mörder denn schon festnehmen?«, fragte Jessica Liebig mit einer Mischung aus Angst und Argwohn.

»Eins nach dem anderen«, lautete die lapidare Antwort. Daraufhin hüllte sich die Verdächtige in Schweigen. Nachdem sie die Polizeistation erreicht hatten, sorgte Enno erst einmal für frischen Tee. Im Verhörraum belehrte Mona Jessica Liebig über ihre Rechte: »Sie stehen im Verdacht, bei einer Mordermittlung die Justiz behindert zu haben. Sie müssen sich nicht zur Sache äußern und sich nicht selbst belasten. Außerdem haben Sie das Recht auf einen Anwalt.«

Jessica Liebig ging hoch wie eine Bombe: »Was soll der Schwachsinn? Ich habe niemanden umgebracht!«

Die Kommissarin feuerte zurück: »Hören Sie nicht zu? Wir werfen Ihnen nicht Mord, sondern Behinderung der Justiz vor. Dies ist auch eine ernsthafte Straftat. Sie sollten uns ab sofort die Wahrheit sagen, wenn Sie nicht den Ärger Ihres Lebens kriegen wollen.«

Enno fügte hinzu: »Es fing schon damit an, dass Sie behaupteten, wegen der Arbeit erst später nach Borkum gekommen zu sein. Wir wissen inzwischen, dass Sie keinen Job haben. Was war der wahre Grund, dass Sie erst später zu Oliver Knapp gestoßen sind?«

Die gemütliche Ausstrahlung des Oberkommissars pegelte die Verdächtige gleich wieder ein wenig herunter.

»Ich habe nicht gelogen«, murmelte Jessica Liebig. Aber es klang nicht so, als ob sie ihren eigenen Worten glauben würde.

»Wir sind nicht davon überzeugt, dass es tatsächlich eine Liebesbeziehung zwischen Ihnen und Oliver Knapp gegeben hat«, erklärte Enno ruhig, »und falls Sie durch Ihre Behauptungen eine mordverdächtige Person decken, kann dies schwere Folgen für Sie haben.«

Seine Worte klangen trotz ihres Inhalts nicht drohend, wie Mona fand. Es war vielmehr so, dass er der Verdächtigen eine goldene Brücke zu bauen versuchte. Die Kommissarin selbst neigte bei Befragungen hingegen leider dazu, die Zeugen oder Verdächtigen vor den Kopf zu stoßen. Von ihrem erfahrenen Kollegen konnte sie noch viel lernen, das war ihr durchaus klar.

Jessica Liebig atmete tief durch, bevor sie weitersprach: »Ich bin später nach Borkum gekommen, weil ich noch bei meinem Freund war … bei meinem richtigen Freund.«

»Hat dieser Mann auch einen Namen?«

»Natürlich, aber den möchte ich nicht nennen, Frau Sander. Er hat mit dieser ganzen Angelegenheit nichts zu tun, wirklich nicht. Oliver Knapp und ich haben uns zusammengetan, weil wir uns gemeinsam bessere Chancen ausrechneten, die Gemälde zu finden – immerhin hatte ich ja einen guten Draht zu Christin.«

»Ihre sogenannte Freundin hat Sie gestern während des Verhörs in die Pfanne gehauen«, teilte Mona ihr mit, »angeblich hätten Sie und Knapp Christin Warringa mit dem Wissen erpresst, dass sie noch am Leben ist.«

»Wie bitte?!« Jessica Liebig fiel aus allen Wolken. Ob sie endlich begriff, dass sie ein ‚Bauernopfer' werden sollte? Sie fuhr fort: »Es war alles ganz anders! Oliver und ich haben uns nur als Liebespaar ausgegeben, weil wir dies für unauffällig hielten.«

Dann hättet ihr in der Pension vielleicht nicht getrennte Zimmer buchen sollen, dachte Mona. Doch bevor sie eine Bemerkung machen konnte, ermunterte Enno die Verdächtige: »Erzählen Sie uns, was sich wirklich ereignet hat.«

»Christin hat gelogen, was ihren Mann angeht. Oder falls Jörn doch einmal gewalttätig gewesen war, hat sie es mir verschwiegen. In Wirklichkeit hat er sie nie angerührt. Sie fand ihn nur sterbenslangweilig, deswegen hat sie sich oft genug bei mir ausgeheult.«

»Wenn andere Menschen sich mit ihrem Ehepartner nicht mehr verstehen, lassen sie sich scheiden«, stellte der Ostfriese klar.

»Das stimmt, Herr Moll – aber in diesem Fall war es komplizierter. Das lag an den Gemälden. Eines Tages berichtete Christin mir ganz aufgeregt von diesen Bildern, die ihr Mann ihr gezeigt hatte. Er entdeckte sie angeblich per Zufall hinter einer Doppelwand, auf die er bei einem seiner Stuckateur-Jobs gestoßen war. Und er wurde hellhörig, als er die Signatur Caspar Brungs sah. Durch Jörn erfuhr Christin von dem Wert dieser alten Schinken. Sie konnte es kaum glauben, aber dann recherchierten wir im Internet: Dieser Brungs scheint als Maler momentan wieder in Mode zu sein, obwohl er längst tot ist. Jedenfalls sah Christin sich schon als reiche Frau – aber dann waren die Gemälde plötzlich weg!«

»Gab es dafür eine Erklärung?«, fragte Mona.

»Jörn hatte die Bilder mitgenommen, als er seine Mutter auf Borkum besuchte, das vermutete Christin zumindest. Ob er ihr misstraute oder die Kunstwerke auf eigene Faust zu Geld machen wollte? Sie wusste es nicht, aber sie begann einen Plan zu schmieden. Sie wollte ihren eigenen Tod vortäuschen und Jörn zum Hauptverdächtigen machen.«

»Aber wie wäre sie denn dann an das Geld aus dem Bilderverkauf gekommen?«, wollte Enno wissen.

»Das ist eine gute Frage, Herr Moll! Nachdem Jörn von Borkum zurückkehrte, ging er seiner Arbeit nach, als ob nichts gewesen wäre. Christin rief einen Kunsthändler an und fragte ihn, ob der Verkauf solcher seltenen Werken von Brungs nicht Staub aufwirbeln würde. Der Experte antwortete, dass dies auf jeden Fall eine Sensation wäre, zumindest in der Fachwelt. Wir fanden keine Hinweise und hofften also, dass die Gemälde noch auf der Insel versteckt waren.«

»Wann kam bei Ihrem Vorhaben Knapp ins Spiel?«, wollte Enno wissen.

»Ich lernte ihn wirklich erst bei dem Strafprozess kennen, als Jörn schon in unsere Falle getappt war. Aber es lief nicht gut, das haben Sie ja mitbekommen. Die Staatsanwaltschaft ließ mich fallen wie eine heiße Kartoffel – ich sollte nicht mehr als Belastungszeugin aussagen. Knapp sprach mich an, wir trafen uns – und irgendwann habe ich mich verquatscht.«

War das realistisch? Nach Monas Ansicht durchaus. Sie hielt Jessica Liebig für weitaus weniger willensstark und clever als Christin Warringa. Es gab gewiss gute Gründe, dass die Staatsanwaltschaft ihr nicht zugetraut hatte, im Zeugenstand zu glänzen.

»Also ist Ihnen Knapp gegenüber herausgerutscht, dass Ihre Freundin noch lebt?«, vergewisserte der Oberkommissar sich.

»Ja, das war eindeutig mein Fehler. Christin hätte mir am liebsten den Hals umgedreht, als ich ihr am Telefon meinen Patzer beichtete. Wir standen ja die ganze Zeit über in engem Kontakt. Aber dann beruhigte sie sich und meinte, dass es nicht schaden könne, Knapp ins Boot zu holen. Er sollte uns bei der Suche helfen – und dafür sorgen, dass Warringa nicht etwa freigesprochen wird.«

»Das hat ja nun nicht geklappt«, stellte Mona nüchtern fest.

»Nein, und Knapp erwies sich eher als Belastung«, gestand Jessica Liebig. »Einmal war er schon allein auf Borkum, konnte aber nichts erreichen. Als Warringa dann aus der Haft entlassen wurde, wollten wir die Taktik ändern. Christins Mann sollte von uns gezwungen werden, uns zu den Gemälden zu führen. Dafür ging Christin sogar das Risiko ein, höchstpersönlich auf Borkum zu erscheinen.«

Weil sie sich nicht auf solche zwei Pfeifen wie dich und Knapp verlassen wollte, dachte die Kommissarin. Sie sagte: »Ich weiß immer noch nicht, was ich von dem Verhältnis zwischen Ihnen und Knapp halten soll. Einerseits behaupten Sie, gar nicht mit ihm zusammen gewesen zu sein. Andererseits haben Sie bittere Tränen geweint, als wir Ihnen die Nachricht von seinem Tod überbrachten.«

»Das stimmt – aber ich habe nicht aus Trauer, sondern vor Angst geweint!«, versicherte Jessica Liebig. »Als ich von Ihnen erfuhr, dass Oliver nicht mehr lebt, da fürchtete ich sofort um mich selbst – weil nämlich Jörn Warringa uns durchschaut hätte und jetzt mit uns abrechnen wollte. Und Oliver wäre nur der Erste auf seiner Liste gewesen, gefolgt von Christin – und mir!«

Demnach hielt also Jessica Liebig Warringa nach wie vor für Knapps Mörder? Mona versuchte, sich die Ereignisse aus ihrer Sicht vorzustellen. Wenn Christin wirklich die Täterin war, würde sie dies ihrer Freundin wohl nicht unter die Nase gerieben haben. Jessica Liebig hatte ja bereits bewiesen, dass sie den Mund nicht halten konnte – als sie sich nämlich Knapp gegenüber verplappert hatte, was Christins inszenierten Tod anging.

Enno fragte: »Hatten Sie noch einmal Kontakt zu Christin Warringa, nachdem wir Sie über Knapps Tod informierten?«

»Nein, Herr Moll. Einmal habe ich sie in ihrem Hotel angerufen, aber da war sie nicht anwesend – oder sie ging nicht ans Telefon. Sie hätte ja auch abgereist sein und mich hier allein zurückgelassen haben können, oder? Ich war einfach total durcheinander. Wie sollte es jetzt weitergehen? Wir steckten in der Zwickmühle: Ich hoffte darauf, dass Sie Warringa verhaften würden. Doch falls er wieder hinter Gittern saß, konnte er uns nicht zu den Gemälden führen.«

Die Kriminalistin begriff, dass Jessica Liebig nach Knapps Tod und dem gescheiterten Telefonkontakt mit ihrer Freundin sinnbildlich gesehen in der Luft hing. Also hatte sie Trost im Alkohol gesucht, anstatt das Problem direkt anzugehen.

»Und Sie kamen nicht auf die Idee, dass Christin Warringa Knapp ermordet haben könnte?«, wollte Mona wissen. Darauf erwiderte Jessica Liebig nichts. Sie hüllte sich in Schweigen. Schloss sie diese Möglichkeit von vornherein aus – oder hatte sie den Ermittlern immer noch nicht die ganze Wahrheit gesagt?

»Oliver Knapp hatte sich für Christin entflammt, das merkte ich schon bei der ersten Begegnung zwischen den beiden«, brachte sie schließlich hervor. »Glauben Sie wirklich, dass er deshalb sterben musste?«

»Sagen Sie es uns«, schlug der Oberkommissar vor.

»Ich war bei dem Mord nicht dabei – aber Christin ist auf jeden Fall eine Frau, die sich nichts gefallen lässt. Woher soll ich wissen, ob Knapp ihr vielleicht zu nahe gekommen ist? So gut habe ich ihn nicht gekannt.«

Die Verdächtige wirkte ausgelaugt. Es sah nicht so aus, als ob sie momentan noch weitere Angaben machen konnte, die den Fall voranbrachten. Mona tippte die Aussage in den Computer und ließ Jessica Liebig die ausgedruckten Seiten unterschreiben. Dann erklärte sie: »Sie können jetzt gehen. Die Staatsanwaltschaft wird sich schriftlich bei Ihnen melden. Es ist gut, dass Sie endlich den Mund aufgemacht haben.«

Jessica Liebig nickte, schien aber nicht völlig überzeugt zu sein. Enno begleitete sie nach draußen. Als er wieder zurückkam, stellte er die Frage: »Hätte der Plan dieses seltsamen Trios überhaupt funktionieren können?«

Mona erwiderte: »Theoretisch schon – Christin hätte beispielsweise Aafke als Geisel nehmen können, um sie gegen die Kunstwerke auszutauschen. Jörn liebt seine Mutter, in diesem Punkt sind wir uns gewiss einig. Er hätte ihr Leben niemals gefährdet. Und er war wirklich sauer, als der Stein durch seine Fensterscheibe flog.«

»Warum hat Knapp das überhaupt getan?«, rätselte der Ostfriese. Mona hob die Schultern: »Wahrscheinlich wollte er Warringa irgendwie aus der Reserve locken. Vielleicht ist ihm entgangen, dass Mutter und Sohn gerade Polizeibesuch hatten. In meinen Augen war Knapp ein Amateur, dem sein Vorhaben über den Kopf gewachsen ist.«

»Wir können es drehen und wenden, wie wir wollen«, meinte Enno, »solange der Täter oder die Täterin kein Geständnis ablegt, sehe ich schwarz. Momentan können wir weder Jörn noch Christin als Verdachtspersonen ausschließen.«

»So pessimistisch kenne ich dich ja gar nicht«, erwiderte die Kommissarin, »aber leider kann ich dir nicht widersprechen. Vielleicht gibt Warringa ja auf, wenn wir ihn mit meinem Gemäldefund konfrontieren.«

Wenig später erschien Dr. Andresen auf der Wache. Er schien in einem Borkumer Hotel gut geschlafen zu haben, jedenfalls machte er einen frischen und ausgeruhten Eindruck. Und in seiner Stimme schwang so etwas wie Siegesgewissheit mit: »Bevor mein Mandant aufs Festland überstellt wird, wollte ich mich noch einmal nach Ihrem Ermittlungsstand erkundigen. Sie haben nichts gegen Herrn Warringa in der Hand, oder?«

Mona lächelte und antwortete: »Wie man es nimmt. Den Mord an Oliver Knapp können wir ihm tatsächlich noch nicht nachweisen. Aber Herr Warringa hat die Beute aus einem länger zurückliegenden Raubmord an sich gebracht – nämlich jene Bilder, die einst von Caspar Brungs gemalt wurden.«

Sie zeigte dem Strafverteidiger Fotos der Kunstwerke und registrierte erfreut, dass es ihm zumindest für den Moment die Sprache verschlug.

Kapitel 20

Auch Jörn Warringa selbst war verständlicherweise frustriert, als er wenig später in den Verhörraum geführt wurde und erfuhr, dass sein Versteck entdeckt worden war. Er sackte auf seinem Stuhl in sich zusammen, als ob seine Knochen plötzlich nicht mehr fest wären.

»Dir … Ihnen musste bewusst sein, dass diese drei Gemälde von Rechts wegen Caspar Brungs' Erben gehören«, unterstrich Enno.

»Gehen Sie nicht darauf ein!«, warnte sein Anwalt. Aber Warringa schüttelte den Kopf: »Es war falsch, die Gemälde zu behalten und zu verstecken. Ich wollte mit dem Geld ein neues Leben anfangen und Christin endgültig hinter mir lassen.«

»Wie sind Sie eigentlich in den Besitz der Gemälde gelangt?«, fragte der Oberkommissar direkt.

»Ich war in Hamburg-Blankenese mit Renovierungsarbeiten auf einem Dachboden beschäftigt«, lautete die Antwort, »und da entdeckte ich einen kleinen Geheimraum. Die Bilder schienen seit vielen Jahren nicht angerührt worden zu sein. Und als ich die Signatur sah, fiel mir die Geschichte von dem Raubmord vor hundert Jahren wieder ein. Jeder Borkumer sie.«

Ob es sich bei den Villenbesitzern um die Nachfahren von Caspar Brungs' Mördern handelte? Das konnte die Kommissarin nicht beurteilen. Sie wollte es auf jeden Fall herausfinden, wobei die Hamburger Kollegen sie gewiss unterstützen konnten. Vielleicht gelang es ja doch noch, diesen *Cold Case* nach all den Jahren aufzuklären.

»Ihre Frau wusste ebenfalls von der Existenz der Bilder?«, vergewisserte Mona sich. Sie hatte dies ja schon von Jessica Liebig erfahren, wollte es aber noch einmal von Warringa selbst hören.

»Ja, und ich spürte sofort ihre Gier. Christin träumt von einem High-Society-Leben, das war mir bewusst. Also schaffte ich die Gemälde beiseite, als ich meine Mutter besuchte. Meine Frau muss es bemerkt haben, aber sie schluckte ihre Wut herunter und sagte nichts. Wenig später wurde ich dann unter dem Verdacht verhaftet, sie ermordet zu haben. Zu der Zeit kam mir überhaupt nicht die Idee, dass Christin noch am Leben sein könnte.«

Die Kommissarin hakte nach: »Und wie sah es später aus, als Sie auf Borkum wieder in Freiheit waren? Haben Sie Ihre Ehefrau getroffen – oder fanden Sie heraus, dass sie mit Knapp unter einer Decke steckt?«

»Davon weiß ich nichts«, behauptete der Mordverdächtige.
»Wollen Sie nicht endgültig reinen Tisch machen?«, riet der Oberkommissar. »Als Sie mit Knapp allein waren, brach die Wut aus Ihnen hervor – dieser Mann hat durch seinen Steinwurf nicht nur Ihre Mutter gefährdet, er wollte sich auch noch die wertvollen Gemälde schnappen und zusammen mit Ihrer Ehefrau verschwinden.«
»Christin hätte er geschenkt haben können«, stieß Warringa gereizt hervor, »und von Knapps Verbindung zu ihr wusste ich nichts. Natürlich war ich sauer auf ihn – aber ich habe ihn nicht getötet, auch wenn Sie mir das noch so oft unterstellen.«
Sein Rechtsanwalt sprang ihm bei: »Und bei dieser Aussage wird mein Mandant bleiben! Wenn Sie keine neuen Beweise vorlegen können, wird der Richter in Emden unter diesen Umständen gewiss keine Untersuchungshaft verhängen.«
»Die Unterschlagung der Bilder hat Herr Warringa immerhin gestanden.«
Mit dieser Feststellung verschafft Mona sich etwas Luft – aber Dr. Andresens Einschätzung traf vermutlich zu. Als Warringa und sein Anwalt den Raum verlassen wollten, platzte Grietje herein: »Der Chef will euch sehen!«
Das kann ja heiter werden, dachte die Kriminalistin schlecht gelaunt.

*

Doch als sie wenig später gemeinsam mit Enno das Büro des Dienststellenleiters betrat, schien Oltbeck ausgesprochen gute Laune zu haben. Dies trug allerdings nicht zu Monas Beruhigung bei. Wenn ihr Vorgesetzter bester Stimmung war, dann musste sie meist in irgendeinen sauren Apfel beißen. Zumindest hatte sie in der Vergangenheit diese Erfahrung gemacht.
»Was machen die Ermittlungen?«, fragte Oltbeck. Enno berichtete von Warringas soeben erfolgtem Teilgeständnis. Aber es schien, als würde der Chef nur mit halbem Ohr zuhören.
»Also hat der Verdächtige nicht zugegeben, den Mord begangen zu haben? Und seine Ehefrau leugnet bisher ebenfalls, wenn ich Sie richtig verstanden habe?«, vergewisserte Oltbeck sich.
»So ist es«, murmelte Mona. Sie begriff immer noch nicht, warum der Chef eine so positive Gemütslage zeigte.

»Sie benötigen ein Geständnis – oder ein entscheidendes Indiz«, erklärte er und fuhr fort: »Nachdem Sie mir zwei Verdächtige genannt haben, die beide über ein Tatmotiv verfügen, schien mir Ihre Ermittlung ein wenig festgefahren zu sein. Daher habe ich mir erlaubt, Sie diskret aus dem Hintergrund zu unterstützen.«

»Inwiefern?«

»Natürlich gibt es unzählige Möglichkeiten, die Tatwaffe auf unserer Insel loszuwerden, Frau Sander. Ich habe aber versucht, mich in den Täter hineinzuversetzen. Würde er wirklich mit einem blutigen Messer oder Bajonett eine längere Strecke zurücklegen? Sicher, er hätte die Waffe in einem Beutel oder einer Tasche verstecken können. Aber naheliegender wäre es gewesen, sie in der näheren Umgebung des Tatorts einfach im Sand zu verscharren. Das dauert nur ein paar Minuten, und das Problem ist scheinbar gelöst.«

Damit hatte Oltbeck zweifellos recht. Mona schämte sich ein wenig, weil sie ihrem Vorgesetzten oft keine guten Ideen zutraute. So wenig Fantasie, wie sie annahm, hatte er offenbar doch nicht. Der Hauptkommissar sprach weiter: »Ich aktivierte einige uniformierte Kollegen und besorgte ein Metallsuchgerät. Und das Ergebnis kann sich sehen lassen, finde ich.«

Mit diesen Worten zog er seine Schreibtischschublade auf und holte ein Sägemesser hervor. Auf der Klinge waren dunkle Flecken zu erkennen, vermutlich von Blut. Die Waffe steckte in einem Beutel für Beweisstücke.

»Die Kriminaltechniker werden wahrscheinlich Fingerabdrücke auf dem Griff sichern können«, meinte Oltbeck, der das Erstaunen seiner Untergebenen sichtlich genoss: »Wenn Sie die Verdächtigen mit diesem Beweisstück konfrontieren, werden Sie hoffentlich ein Geständnis erhalten.«

»Danke, Herr Oltbeck.«

Mehr konnte Mona in diesem Moment nicht sagen. Und ihr Chef würde hoffentlich spüren, dass ihre Worte aufrichtig gemeint waren. Als die Kommissare in ihr Büro zurückkehren wollten, wurde Ihnen Dr. Iris Semmler angekündigt. Die Strafverteidigerin hatte soeben ihre Mandantin in ihrer Arrestzelle aufgesucht.

»Dann sollten wir sie gleich mit der Tatwaffe konfrontieren«, schlug Enno vor. Mona, die von Oltbeck das Messer bekommen hatte, nickte. Vorerst hatte sie das Objekt in ihrer Umhängetasche versteckt. Sie wollte sich den Knalleffekt für den passenden Moment aufsparen.

Nachdem sich die Verdächtige und ihre Anwältin miteinander beraten hatten, wurden sie von Polizeimeisterin Aiske Berend in den Verhörraum geführt. Wenig später gesellten sich die Ermittler zu ihnen.

»Ich weiß nicht, was diese erneute Befragung bringen soll«, gab Frau Dr. Semmler gereizt von sich, »an Frau Warringas Position hat sich seit gestern nichts geändert.«

»Jessica Liebig wurde von uns befragt«, berichtete Enno, »und sie hat einen ganz anderen Blick auf die Ereignisse als Ihre Mandantin.«

Christin Warringa lachte höhnisch: »Diese hohle Nuss dürfen Sie nicht ernst nehmen, das hat die Hamburger Staatsanwaltschaft auch nicht getan!«

»Interessant, wie Sie über Ihre Freundin reden«, stellte Mona fest und warf ihr einen harten Blick zu. »Wollen Sie Jessica Liebig später ebenso abservieren, wie Sie es mit Oliver Knapp getan haben?«

Sie unterstrich ihre Worte, indem sie die Mordwaffe auf den Tisch legte. Christin Warringa reagierte ebenso verblüfft, wie Mona und Enno es vor wenigen Minuten in Oltbecks Büro getan hatten. Der Oberkommissar sagte: »Wir gehen davon aus, dass die Fingerabdrücke Ihrer Mandantin auf dem Messer gesichert werden können.«

»Es war Notwehr!«, stieß Christin Warringa hervor, bevor ihre Strafverteidigerin es verhindern konnte. »Als Oliver mich anrief, war er sehr aufgebracht, weil die Polizei ihn nach seinem idiotischen Steinwurf gestellt hatte. Er verlangte, dass wir Warringa sofort unter Druck setzen und so bald wie möglich mit den Bildern abhauen sollten. Wir trafen uns im Naturschutzgebiet. Ich versuchte, ihm seine voreiligen Pläne auszureden. Aber er war völlig von der Rolle. Das lag wahrscheinlich an seiner Kopfwunde, die er sich zugezogen hatte. Er wollte nicht darüber reden, wie dies passiert war. Da wurde mir bewusst, dass dieser Mann ein unkalkulierbares Risiko darstellte. Er war ein Klotz am Bein. Mit dem Messer wollte ich ihn nur erschrecken, aber dann kam es zum Kampf – und plötzlich lag er in seinem Blut.«

Ob diese Darstellung zutraf? Die Obduktion würde zeigen, ob sich Christin Warringas DNA unter Knapps Fingernägeln befand oder nicht. Für die Kommissare war entscheidend, dass die Verdächtige die Tat nun endlich gestanden hatte.

»Ich muss meine Verteidigungsstrategie überdenken«, sagte Frau Dr. Semmler mit metallisch klingender Stimme. Ob sie bisher von der Unschuld ihrer Mandantin ausgegangen war? Mona wusste es nicht.

Nachdem das Geständnis protokolliert worden war, sollte Christin Warringa mit der nächsten Fähre aufs Festland geschafft werden, wo ein Richter über die Verhängung von Untersuchungshaft entscheiden würde. Als die Kommissare im Verhörraum wieder unter sich waren, schaute Enno seine Kollegin freundlich blinzelnd an: »Das hätten wir geschafft – mit Oltbecks Hilfe. Nun bleibt uns nur noch eine erfreuliche Aufgabe.«

»Wir berichten Tamme Brungs, dass wir seine geerbten Bilder gefunden haben?«, fragte Mona.

»Ja, genau das meine ich«, gab der Ostfriese zurück.

ENDE

Ostfrieslandkrimi-Empfehlungen des Klarant Verlages

Lernen Sie die Ostfrieslandkrimi-Serie **»Mona Sander und Enno Moll ermitteln«** von **Sina Jorritsma** kennen:

Friesische Inselidylle? Von wegen! Auf der ostfriesischen Insel Borkum lösen Kommissarin Mona Sander und ihr Kollege Enno Moll knifflige Mordfälle. Die emotionale Kommissarin geht bei der Verbrecherjagd gerne ihren eigenen Weg und scheut dabei kein Risiko … Bei der Krimireihe der Autorin Sina Jorritsma ist Hochspannung garantiert!

In der Serie sind bereits folgende Ostfrieslandkrimis erschienen:

»Friesenbraut«, Band 1
Taschenbuch-ISBN: 978-3-95573-557-9
eBook-ISBN: 978-3-95573-556-2

Auf der ostfriesischen Insel Borkum verschwindet eine Braut kurz vor der Eheschließung. Zunächst glauben die Kommissare Mona Sander und Enno Moll noch an einen dummen Streich. Aber wenig später wird das blutverschmierte Brautkleid gefunden. Ist die dunkelhaarige Schönheit einem Gewaltverbrechen zum Opfer gefallen? Die Inselkommissare finden Indizien, die aber nicht zusammenpassen. Hat der undurchsichtige Exfreund der Braut seine Hände im Spiel? Wer war an den geheimen Sex-Spielen im Ferienhaus beteiligt? Und welches Interesse verfolgt der machtbesessene zukünftige Schwiegervater? Dann findet die Polizei eine Leiche – und muss feststellen, dass die Dinge ganz anders sind, als sie auf den ersten Blick scheinen. Die Mörderjagd versetzt nicht nur die friedliche Nordseeinsel in Aufruhr, sondern wird auch zur persönlichen Herausforderung für Mona Sander. Sie wird selbst zur Zielscheibe des Mörders …

»Friesenkreuz«, Band 2
Taschenbuch-ISBN: 978-3-95573-552-4
eBook-ISBN: 978-3-95573-600-2

»Friesenlauf«, Band 3
Taschenbuch-ISBN: 978-3-95573-553-1
eBook-ISBN: 978-3-95573-618-7

»Friesenflirt«, Band 4
Taschenbuch-ISBN: 978-3-95573-542-5
eBook-ISBN: 978-3-95573-541-8

»Friesenwahn«, Band 5
Taschenbuch-ISBN: 978-3-95573-622-4
eBook-ISBN: 978-3-95573-623-1

»Friesenstalker«, Band 6
Taschenbuch-ISBN: 978-3-95573-688-0
eBook-ISBN: 978-3-95573-701-6

»Friesenjuwel«, Band 7
Taschenbuch-ISBN: 978-3-95573-764-1
eBook-ISBN: 978-3-95573-765-8

»Friesenwrack«, Band 8
Taschenbuch-ISBN: 978-3-95573-796-2
eBook-ISBN: 978-3-95573-797-9

»Friesenbarbier«, Band 9
Taschenbuch-ISBN: 978-3-95573-833-4
eBook-ISBN: 978-3-95573-832-7

»Friesenstrand«, Band 10
Taschenbuch-ISBN: 978-3-95573-875-4
eBook-ISBN: 978-3-95573-876-1

»Friesenlist«, Band 11
Taschenbuch-ISBN: 978-3-95573-934-8
eBook-ISBN: 978-3-95573-935-5

»Friesenblues«, Band 12
Taschenbuch-ISBN: 978-3-95573-954-6
eBook-ISBN: 978-3-95573-955-3

»Friesenanker«, Band 13
Taschenbuch-ISBN: 978-3-96586-009-4
eBook-ISBN: 978-3-96586-010-0

»Friesenkoch«, Band 14
Taschenbuch-ISBN: 978-3-96586-105-3
eBook-ISBN: 978-3-96586-106-0

»Friesenwürger«, Band 15
Taschenbuch-ISBN: 978-3-96586-146-6
eBook-ISBN: 978-3-96586-145-9

»Friesentango«, Band 16
Taschenbuch-ISBN: 978-3-96586-164-0
eBook-ISBN: 978-3-96586-172-5

»Friesenbrauer«, Band 17
Taschenbuch-ISBN: 978-3-96586-201-2
eBook-ISBN: 978-3-96586-202-9

»Friesendiebin«, Band 18
Taschenbuch-ISBN: 978-3-96586-276-0
eBook-ISBN: 978-3-96586-277-7

»Friesenpoker«, Band 19
Taschenbuch-ISBN: 978-3-96586-321-7
eBook-ISBN: 978-3-96586-322-4

»Friesenleiche«, Band 20
Taschenbuch-ISBN: 978-3-96586-355-2
eBook-ISBN: 978-3-96586-356-9

»Friesentrick«, Band 21
Taschenbuch-ISBN: 978-3-96586-408-5
eBook-ISBN: 978-3-96586-409-2

»Friesenschatz«, Band 22
Taschenbuch-ISBN: 978-3-96586-450-4
eBook-ISBN: 978-3-96586-451-1

»Friesenmagier«, Band 23
Taschenbuch-ISBN: 978-3-96586-485-6
eBook-ISBN: 978-3-96586-486-3

»Friesenruine«, Band 24
Taschenbuch-ISBN: 978-3-96586-513-6
eBook-ISBN: 978-3-96586-514-3

»Friesenraub«, Band 25
Taschenbuch-ISBN: 978-3-96586-549-5
eBook-ISBN: 978-3-96586-550-1

»Friesenrichter«, Band 26
Taschenbuch-ISBN: 978-3-96586-560-0
eBook-ISBN: 978-3-96586-561-7

»Friesenhummer«, Band 27
Taschenbuch-ISBN: 978-3-96586-614-0
eBook-ISBN: 978-3-96586-615-7

»Friesenkugel«, Band 28
Taschenbuch-ISBN: 978-3-96586-627-0
eBook-ISBN: 978-3-96586-628-7

»Friesendolch«, Band 29
Taschenbuch-ISBN: 978-3-96586-649-2
eBook-ISBN: 978-3-96586-650-8

»Friesengeiz«, Band 30
Taschenbuch-ISBN: 978-3-96586-667-6
eBook-ISBN: 978-3-96586-668-3

»Friesendiva«, Band 31
Taschenbuch-ISBN: 978-3-96586-689-8
eBook-ISBN: 978-3-96586-690-4

»Friesenteich«, Band 32
Taschenbuch-ISBN: 978-3-96586-700-0
eBook-ISBN: 978-3-96586-701-7

»Friesensilber«, Band 33
Taschenbuch-ISBN: 978-3-96586-707-9
eBook-ISBN: 978-3-96586-708-6

»Friesenfisch«, Band 34
Taschenbuch-ISBN: 978-3-96586-742-0
eBook-ISBN: 978-3-96586-743-7

»Friesenduell«, Band 35
Taschenbuch-ISBN: 978-3-96586-764-2
eBook-ISBN: 978-3-96586-765-9

»Friesenwürfel«, Band 36
Taschenbuch-ISBN: 978-3-96586-795-6
eBook-ISBN: 978-3-96586-796-3

»Friesenradio«, Band 37
Taschenbuch-ISBN: 978-3-96586-831-1
eBook-ISBN: 978-3-96586-832-8

»Friesenartist«, Band 38
Taschenbuch-ISBN: 978-3-96586-847-2
eBook-ISBN: 978-3-96586-848-9

»Friesenpolizistin«, Band 39
Taschenbuch-ISBN: 978-3-96586-853-3
eBook-ISBN: 978-3-96586-854-0

»Friesenspur«, Band 40
Taschenbuch-ISBN: 978-3-96586-879-3
eBook-ISBN: 978-3-96586-880-9

Klarant Verlag

Lernen Sie die Ostfrieslandkrimi-Titel des Klarant Verlages kennen und besuchen Sie uns im Internet unter:

www.ostfrieslandkrimi.de

und

www.klarant.de

Sie können dort Näheres über unsere Autorinnen und Autoren erfahren, viele weitere interessante Bücher und eBooks finden und Leseproben herunterladen. Mit dem kostenlosen Newsletter auf

www.ostfrieslandkrimi-lesen.de

erhalten Sie aktuelle Informationen rund um das Verlagsprogramm, wie beispielsweise spannende Neuerscheinungen und Gewinnspiele.